KB078043

Sanctum

생텀

이영균 장편 소설

FUSION FANTASTIC STORY

샘텀 5

이영균 장편 소설

초판 1쇄 찍은 날 § 2014년 10월 31일
초판 1쇄 펴낸 날 § 2014년 11월 7일

지은이 § 이영균
펴낸이 § 서경석

편집부장 § 권태완
편집책임 § 박가연

펴낸곳 § 도서출판 청어람
등록번호 § 제387-1999-000006호
등록일자 § 1999. 5. 31
어람번호 § 제1-1974호

주소 § 경기도 부천시 원미구 부일로 483번길 40 서경B/D 3F (우) 420-822
전화 § 032-656-4452 팩스 § 032-656-4453
http://www.chungeoram.com
E-mail § chungeorambook@daum.net

ⓒ 이영균, 2014

ISBN 979-11-316-9274-5 04810
ISBN 979-11-316-9105-2 (세트)

Sanctum
생텀

이영균 장편 소설

FUSION FANTASTIC STORY

5

도서출판 청어람

Sanctum
생텀

CONTENTS

제52장

잠입

해발 1,706m의 팔로마 산 정상에 우뚝 서 있는 순백의 성.

그 성을 배경으로 뉘엿뉘엿 넘어가는 붉은 태양.

눈물 나도록 아름다운 풍경이 펼쳐졌다.

"몇 년 전만 해도 수없이 많은 관광객으로 북적였겠지
만……."

지금은 관광객 대신 성벽으로 사용될 바위를 통나무와 로
프를 이용해 끌고 나르는 사람들로 아수라장이었다.

끙끙대며 로프를 당기고 있는 사람의 대부분이 해진 군복
을 입고 있었다.

세바스찬이 말했다.

"원정대원들이야."

"전부는 아니야."

원정대원들 사이사이에 낡고 더러운 일상복을 입은 사람들도 섞여 있었다.

흑인과 히스패닉계와 아시아계 사람들이었다.

이들을 감시하는 사람은 몽둥이를 든 백인들이었다.

남녀노소의 차이는 있었지만 하나같이 백인임에 분명한 감시자들은 밧줄을 놓치거나 힘에 겨워 주저앉는 강제 노동자들에게 몽둥이를 휘둘렀다.

"똑바로 움직여."

퍽!

"컥!"

"게으름을 피우지 말란 말이야."

퍽!

"아악!"

무혁은 현 상황을 선뜻 받아들이기 힘들었다.

원정대원들은 훈련받은 군인이고 감시자들은 평범한 일반인이다.

인원도 원정대원이 수십 배 이상 많다.

감시자들에게 총이 없는 이상 이런 무자비한 폭력에 굴복할 이유가 없다.

'무언가 원정대원들을 옭죄고 있는 이유가 있을 거야.'

무혁은 그 이유를 공사장 한편에 설치된 천막에서 찾을 수 있었다.

하얀색과 붉은 줄무늬가 교차한 천으로 만들어져 마치 유원지의 핫도그 판매대를 연상시키는 커다란 천막이었다.

천막 앞에 설치된 남국의 해변에서나 봄직한 하얀색 선베드 10여 개가 생뚱맞았다.

"......."

선베드 위에는 반라의 건장한 청년들이 울퉁불퉁한 근육을 뽐내며 누워 있었고, 손바닥만 한 비키니를 걸친 아름다운 여성들이 시중을 들고 있었다.

여성들이 청년들의 몸에 오일을 발라주고, 입에 과일을 넣어주고 있는 모습을 본 세바스찬이 혀를 찼다.

"잘한다, 잘해."

"......."

무혁은 선베드 뒤편에 가지런히 걸려 있는 은빛 갑옷에 주목했다.

용기사들이 입었던 바로 그 은빛 갑옷이었다.

저 청년들이 용기사라면 원정대원들이 왜 저렇게 꼼짝 못하고 있는지도 이해가 갔다.

"이제 어떻게 하지? 용기사들은 마나를 쓸 수 있을 거야. 형과 나는 몰라도 로미는 슬쩍 끼어들기 힘들다구."

"동의해. 흩어져서 다른 방법을 찾아보자. 로미는 여기서 기다려. 혹시 문제가 생기면 반지로 연락하고."

"알았어요."

로미를 남겨둔 무혁과 세바스찬은 흩어져 성 주변을 더 살펴보기로 결정했다.

정찰 결과는 놀라웠다.

성 주변에는 수십 개의 크고 작은 마을들이 형성되어 있었다.

목재 방책으로 둘러싸인 마을은 민속촌처럼 박제가 되어 인공적으로 꾸민 것이 아니라 하나같이 사람이 살고 있는 생동하는 마을이었다.

골목길로 아이들이 깔깔거리며 뛰어다녔다.

두건을 뒤집어쓴 아낙네들이 옹기나 나무 물통으로 우물에서 두레박을 사용해 물을 길렀다.

쇠스랑을 든 농부들은 밭을 일구고 있었다.

'젠장, 무슨 속셈이냐고……'

성을 건설하고 중세 마을을 만들고 중세인을 복원했다.

이 모든 것을 계획하고 실천에 옮긴 사람의 생각을 이해하기 힘들었다.

'아냐… 한 명만은 가능해.'

푸타나!

그녀라면 이 모든 일이 가능하다.

능력도 있고 힘도 가지고 있으니 생텀을 지구에 만들고 싶어 할 수도 있다.

이유도 충분하다.

푸타나는 대륙 마탑의 마법사들에 의해 블랙 포레스트로 밀려났다. 어차피 생텀에 가면 죽은 목숨이란 이야기다.

'어차피 돌아가지 못할 바에야 자신의 힘을 극대화시킬 수 있는 지구를 생텀으로 만들 계획을 세웠을지도 몰라.'

가정이 맞는다면 네크로맨서들이 지금까지 오크를 만들고, 오거를 만들었던 일련의 과정에 대한 의문이 자연스럽게 해소된다.

"빌어먹을……."

등골이 오싹해졌다.

굿마나라 동굴에서 푸타나가 보여준 가공할 만한 힘이 세포 하나마다 깊숙이 각인되어 있었다.

무혁은 바스타드 소드를 어루만졌다.

'하지만…….'

둠스데이 임팩트 이후, 무혁은 확연히 강해졌다.

일본과 중국, 북한 등지에서 겪은 수없이 많은 몬스터와의 전투가 그를 강철처럼 단련시켰다.

'어쩔 수 없나?

어쩔 수 없다.

푸타나만큼은 꼭 잡아야 한다.

눈에 비친 석양에 빛나고 있는 하얀 성이 너무나 아름다웠다.

＊　　　＊　　　＊

로미와 합류한 무혁과 세바스찬은 결론을 내렸다.

"산 남쪽 중턱에 상당한 규모의 목장이 있어."

목장에는 많은 수의 소와 양이 방목되고 있었고 이들을 관리하는 이들은 모두 민간인이었다.

"두 사람은 목장으로 가도록 해. 두 사람의 외모라면 목장에 일자리를 구하는 일이 그리 어렵지 않을 거야. 어떤 이유인지는 몰라도 이곳은 백인 우월주의의 영향을 강하게 받고 있는 것 같아."

"형은?"

"내 외모로는 일반인들 사이에 끼기 힘들어. 원정대원 사이로 끼어드는 편이 합리적이야."

"알았어."

세바스찬이 로미를 데리고 목장 방향으로 사라지자 무혁은 원정대원들을 주시했다.

태양이 지고 사방이 어두워지자 원정대원들이 일손을 멈추고 이동하기 시작했다.

스윽~!

지켜보던 무혁의 신형이 사라졌다.

그리고 다음 순간 원정대원들 사이에 유령처럼 모습을 드러냈다.

원정대원들에게 마구잡이로 몽둥이를 휘두르고 있던 경비들은 물론, 바로 옆에서 걷고 있던 원정대원들마저도 눈치채지 못할 만큼 은밀한 동작이었다.

은빛 갑옷을 갖춰 입고 백마에 탄 용기사와 그 뒤를 따르는 반라의 여성들을 앞세운 행렬은 30여 분을 걸어 4~5m 정도 높이의 목책 앞에 다다랐다.

목책 중간중간에는 높다란 망루가 설치되어 있었고, 각 망루마다 2명의 경비가 창을 들고 서 있는 모습이 보였다.

경비들은 외부가 아닌 내부를 주시하고 있었다.

'수용소쯤 되나 본데?'

예상은 들어맞았다.

목책의 문이 열리자 중앙 광장을 중심에 두고 6열로 늘어선 나무와 진흙으로 만들어진 통나무집들이 모습을 드러냈다.

경비들이 다시 몽둥이를 휘둘렀다.

"빨리빨리 움직여!"

"줄을 서!"

"이런 느림보들 같으니라고."

"더러운 자식들!"

모든 죄수가 줄을 서자 경비들이 다시 소리쳤다.

"천천히 앞으로!"

무혁이 영문도 모르고 앞사람을 따라 한참을 걷다 보니 기다란 탁자가 나왔다.

탁자에는 빵 무더기와 거대한 솥이 놓여 있었다.

온몸이 문신투성이인 우락부락한 덩치의 흑인 남성 몇 명이 더러운 나무 그릇에 걸쭉한 오트밀 한 주걱과 딱딱한 빵 한 개를 담아주기 시작했다.

무혁보다 몇 사람 앞에 있던 나이 지긋한 히스패닉계 노인이 흑인 남자에게 애원하듯 말했다.

"한 국자만 더 떠주면 안 되겠나? 아이가 굶고 있어서 그러네."

깡!

흑인 남자가 노인의 손에 들린 나무 그릇을 국자로 내려치며 소리쳤다.

"무슨 개소리야! 일을 하지 않으면 빵은 없다. 그냥 뒈지라고 해."

덜그럭!

나무 그릇이 땅에 내팽개쳐지고 오트밀이 쏟아졌다.

"허헉!"

노인이 땅에 떨어진 빵을 찾아 필사적으로 바닥을 더듬었다.

짓밟혀 더러워진 땅과 몇 개인가의 횃불에만 의지하는 환경이 쉽게 빵의 위치를 허락하지 않았다.

"빠… 빵이……."

죄수들이 생기 없는 눈빛으로 노인의 행동을 지켜봤다.

괜스레 도왔다가 자신 몫의 빵마저 사라질지 모른다는 두려움이 그들을 지배하고 있었다.

'젠장!'

두고 볼 수 없었던 무혁은 한발 앞으로 나가 땅에 떨어진 빵을 주워 묻은 흙을 털어낸 후 노인의 손에 쥐어주었다.

"여기 있습니다."

"고… 고맙네."

노인이 빵을 흙 묻은 손으로 움켜쥐었다.

"저쪽에 가 계세요. 제 몫을 나눠 드리죠."

"……."

무혁이 배식대 앞에 서자 흑인은 다른 사람보다 확연히 적은 양의 오트밀을 그릇에 담아주며 이죽거렸다.

"성인 나셨네. 아직 배가 안 고프지?"

"……."

주변 사람들이 웅성거렸다.

너무하네.

심하잖아.

자기도 우리와 같은 처지면서…….

이런 생각을 하고 있을 것이었다.

그러나 정작 나서서 생각을 입에 담는 사람은 한 명도 없었다.

흑인의 거대한 몸집과 그가 가진 권력이 평범한 사람의 돌출 행동을 원천 봉쇄하고 있었다.

'우스워. 정말로 우스워.'

무혁은 터져 나오는 웃음을 억지로 참았다.

권력자들은 노예 중 일부에게 '완장'을 수여해, 다른 노예들의 불만을 자신이 아닌 완장을 찬 노예에게 돌리는 기술을 사용한다.

일제강점기의 순사 보조가 그랬고, 조선 시대의 마름이 그랬고, 지금 저 배식을 담당하고 흑인이 또 그런 것처럼 말이다.

'세상은 언제나 그래왔지.'

무혁은 말없이 그릇을 들고 노인에게 향했다.

"퉤!"

뒤에서 흑인이 침을 뱉는 소리가 들렸다.

사람들 사이에서 탄식이 터져 나왔다.

"아~!"

"오트밀 냄비에 침을……."

"거기에 침을 뱉으면……."

흑인이 국자로 냄비를 두드리며 소리쳤다.

깡!

깡!

"시끄러워! 확 냄비를 뒤집어 버릴까 보다."

"……."

"……."

역시나 대항하는 자는 없었다.

무혁은 노인에게 자신 몫의 오트밀과 빵을 내밀었다.

"여기 있습니다."

"자네는 어떻게 하고?"

말과 달리 노인은 더러운 손으로 그릇과 빵을 받아 들고 있
었다.

"아이가 배를 곯고 있다면서요. 전 괜찮습니다."

"고맙네. 정말로 고마워."

노인은 소중히 음식을 들고 한 오두막으로 걸어갔다.

무혁은 노인의 뒤를 따라가 보기로 했다.

5평도 안 되어 보이는 움막의 안에는 나무로 얼기설기 엮
어 만든 2층 침대가 2열로 10개 놓여 있었다.

노인은 오두막 가장 안쪽에 놓인 침대로 향했다.

침대 1층에 누워 있는 10살쯤으로 보이는 여자아이가 보였
다.

노인을 발견한 아이가 몸을 일으켰다.

아이의 다리에는 부목이 대져 있었다.

아마도 다리가 부러진 것 같았다.

"할아버지, 오셨어요."

"그래, 그래. 몸은 좀 어떠니, 아멜리아?"

"물을 마셔서 견딜 만해요."

"먹을 걸 가져왔단다. 이걸 먹어라."

"제가 먹으면 할아버지가 굶으시잖아요. 싫어요."

"아냐. 오늘은 2인분이란다."

"어떻게?"

"이분이 주셨단다."

노인이 뒤따라온 무혁을 가리키자 아이가 생긋 웃으며 인사를 했다.

"감사합니다."

"이제 먹거라."

"네, 할아버지."

아이는 딱딱한 빵을 조금 뜯어 오트밀에 적신 후 입으로 가져갔다.

단 한 톨의 빵 조각이라도 흘리지 않으려는 듯 조심스러운 움직임이 슬퍼 보였다.

"그러고 보니 인사도 못했네그려. 난 안토니오라네. 자네는?"

"전 무혁입니다. 문무혁."

"이름을 보아하니 역시나 한국군이었구먼. 그럼 그렇지."

"뭐가 말입니까? 먼저 전 한국군이 아닙니다. 오늘 잡혀 와서 사정을 전혀 모릅니다."

"그런가? 내가 잘못 봤네그려. 어쨌거나, 지금까지 우리가 살아 있을 수 있었던 건 모두 한국군 덕분이었다네. 그냥 땅바닥에서 먹고 자면서 죽을 날을 기다리던 우리에게 이 움막과 침대를 만들어준 이들이 한국군이거든."

"얼마나 이곳에 계셨기에……."

"벌써 1년이 넘었다네."

"사정 이야기를 들을 수 있을까요?"

"뭐, 괜찮겠지."

안토니오가 입을 열었다.

둠스데이 임팩트 바로 그날.

안토니오는 아들과 며느리, 그리고 손녀 아멜리아와 함께 모하비 사막 인근에서 오토캠핑을 하고 있었다.

"워낙에 별을 바라보는 걸 좋아하던 아멜리아의 소원을 들어주기 위해서였어. 별을 보려면 주변에 불빛이 없어야 하기에 우리는 보통 오토캠핑장 대신 광활한 사막을 택했던 거야."

캠핑을 마치고 로스앤젤레스로 돌아오던 길에 가족은 괴물들의 습격을 받았다.

"나중에 알고 보니 그 괴물을 오크라고 부르더군."

오크 떼의 습격으로 아들을 잃었다.

안토니오와 아멜리아, 그리고 며느리는 캠핑카 뒤편에서 두려움에 떨며 다가오는 오크를 바라보고 있었다.

"절망적인 순간이었지."

안토니오는 아멜리아의 머리카락을 쓰다듬어 주며 말했다.

"그때였어. 그들이 나타난 건."

하늘에서 끼루룩 하는 괴성이 들렸다.

그 소리를 들은 오크들이 입에 수류탄이라도 박아 넣은 것처럼 기겁을 했다.

"도마뱀과 박쥐를 섞어놓은 듯한 거대한 괴물이 하늘에서 내려왔어. 놀랍게도 그 괴물의 등에는 은빛 갑옷을 입은 사람이 타고 있지. 나중에 알게 된 사실이지만 그들은 드래곤 라이더였어."

단숨에 오크 떼를 쓸어버린 드래곤 라이더는 무심한 눈빛으로 세 사람을 바라보다가 며느리에게 따라올 것을 명령했다.

"확실히 명령이었어. 거부를 전제하지 않는 확신에 찬 명령 말일세."

며느리는 거부했다.

하지만 거부는 무시되었다.

"며느리는 드래곤 라이더에게 머리채를 잡혀 끌려갔지. 그

리고 아멜리아와 난 잠시 후 접근한 경비들에게 붙잡혀 이곳
으로 왔어."

"여길 뭐라고 부릅니까?"

"우린 그냥 수용소라고 불러. 경비들은 쓰레기통이라고 부
르지만……."

"쓰레기통이라……. 그런데 여기 잡혀 있는 사람 중에 백
인은 한 명도 안 보이더군요."

"하~"

안토니오는 깊은 한숨을 내쉬었다.

"난 칼텍에서 분자생물학을 연구하는 과학자였다네. 그런
데 수용소에 온 지 얼마 되지 않아 간수 중에서 제자 한 명을
발견했어. 꽤나 날 잘 따르던 아이였지."

안토니오는 반가운 마음에 제자에게 아는 척을 했다.

"돌아온 것은 몽둥이 찜질이었어. 똥이라도 만진 것처럼
반응하던 제자의 눈빛을 지금도 잊지 못해."

백인 간수들은 가혹하리만큼 철저하게 유색인종을 탄압했
다.

"우리 중 그 누구도 저들이 왜 저런 행동을 하는지 설명하
지 못했어."

"……."

설명할 필요가 없다.

인간은 원래 그렇게 생겨먹은 동물이다.

평범한 아들이자 남편이자 아빠였던 독일 병사가 가스실로 걸어 들어가는 유태인을 보며 가족들의 안부를 걱정하는 사랑 편지를 썼다.

무카이 도시아키(向井敏明) 소위와 노다 쓰요시(野田毅) 소위가 남경에서 벌인 100인 참수 경쟁의 기사를 보며 응원하던 일본인들 역시 평범한 인간이었다.

"똑똑해……."

"무슨 말인가?"

"아닙니다."

둠스데이 임팩트의 시대에 이런 계급사회를 건설한 인간은 끔찍하도록 영리한 인간이다.

"혹시 저 성에 사는 사람에 대해 아는 바가 있으십니까?"

"정확한 숫자는 모르지만 수백 명의 드래곤 라이더가 살고 있다고 들었어. 성 인근 마을에 사는 백인 상당수가 시종과 하녀로 일하고 있고……."

"드래곤 라이더의 우두머리는 누구랍니까?"

"라칭거 성하(聖下)라고 불리는 사람이야. 드래곤 라이더들이 신처럼 모시더라고."

"실제로 본 적이 있으십니까?"

"토요일이면 드래곤 라이더들의 호위를 받으며 영지를 시찰하지. 피부가 아이처럼 반질거리는 80살은 되어 보이는 백발의 노인이야. 항상 붉은 비단옷을 입고 있는데 유난히 음침

한 눈매와 진한 다크 서클이 인상적이더군."

"……."

기억을 더듬어 봐도 언뜻 떠오르는 인물이 없다.

'카이탁이든 푸타나든 다른 사람의 거죽을 뒤집어쓸 수 있으니…….'

일주일에 한 번 행차를 한다니 그때 확인해 보면 된다.

이런저런 이야기를 나누고 있노라니 같은 오두막을 사용하는 사람들이 하나둘씩 돌아왔다.

사람들은 피곤에 절어 씻지도 않고 침대에 쓰러지듯 누워 잠을 청했다.

순식간에 오두막이 낮은 코고는 소리로 채워졌다.

안토니오가 아멜리아의 머리를 쓰다듬으며 나지막하게 말했다.

"난 그래도 아멜리아가 있지. 대부분의 사람은 가족을 잃고 혼자라네. 모두 생명의 절반을 저 바깥 지옥에 두고 왔어."

"이 상황이 납득이 가십니까?"

"허허허허, 어느 날 갑자기 인간이 괴물로 변했어. 인간뿐만 아니라 생명체 대부분이 그랬지. 기다렸다는 듯 인간이 아닌 힘을 발휘하는 초인들이 나타났고, 마치 중세 시대를 방불케 하는 인종차별과 계급사회를 만들었지. 아까도 말했다시피 난 분자생물학자라네. 그런데 납득이라……. 어찌 내가 납득할 수 있겠는가."

"……."

분자생물학자로서 안토니오는 1년 넘게 둠스데이 임팩트의 이유를 찾기 위해 사유(思惟)해 왔다고 했다.

그러나 그가 내린 결론은 언제나 '원인을 알 수 없다' 이한 가지였다.

칼텍의 교수라면 세계 최고의 과학자라고 해도 무방하다.

그런 안토니오조차도 알지 못하는 진실을 무혁은 알고 있다.

그러나 무혁은 진실을 말해줄 수 없었다.

진실은 어쩌면 거짓보다 더 가혹한 것일지도 몰랐다.

"안토니오~!"

그때 안토니오 나이 또래의 한 노인이 오두막으로 들어왔다.

"카를로스, 무슨 일인가?"

"알란이 그러는데 오늘 밤에도 일이 있다네. 생각 있나?"

"당연히 해야지."

"그럼 30분 있다가 목책 입구에서 만나자구."

"혹시 한 사람 더 데려가도 될까?"

카를로스가 무혁을 훑어보더니 물었다.

"한국군인가?"

"아냐, 오늘 끌려온 그냥 한국인이라네."

"한국인이라…… 한국인이라면 뭐, 상관없겠지. 알았네, 알란에게 말해두지."

"그럼 이따 보세."

카를로스가 나가자 무혁은 물었다.

"무슨 일입니까?"

"하~ 설명보다는 직접 보는 편이 좋겠네. 이 세상이 얼마나 미쳐 돌아가는지 말일세."

"……"

30분 후 무혁은 안토니오와 함께 목책 입구로 향했다.

제53장

라칭거

Sanctum

목책 입구에는 20명 정도의 노인이 모여 있었다.

이 무리의 우두머리인 알란은 20대 중반의 중국계 미국인
이었다.

"늘 해오던 일이니까 하던 대로 하면 됩니다. 절대로 물건
에 손대면 안 되는 거 아시죠?"

"알았네."

"알았어."

"한두 번 하는 일도 아니고 걱정 붙들어 매게."

알란이 안토니오에게 말했다.

"새로 온 사람, 주의 단단히 시키세요."

"내가 책임짐세."

목책의 문이 열리고 일행은 간수 2명의 뒤를 따라 산길을 걸었다.

"알란은 누굽니까?"

"원래 자동차 딜러였다지, 수완이 좋아서 간수들과 연줄을 만들어 이 일을 따냈어. 밤에 쉬지 못해 몸은 고달파도 그만큼 식량이 더 나오니 우리에겐 행운이지. 알란은 노인들만 쓰거든."

"그런데 저는 왜?"

"한국인이잖나. 한국군 덕을 안 본 사람이 없어. 자네도 오늘 일이 끝나면 반대쪽 막사로 옮기는 편이 좋을 거야. 그곳에 한국군들이 있으니 말일세."

"알겠습니다."

무혁이 바로 한국군 막사로 가지 않은 이유는 혹시 모를 감시를 피하기 위해서였다.

무장을 해제당했다고는 해도 해병대인 한국군의 군기는 엄정하게 유지되고 있다고 생각하는 편이 합리적이었다.

필연적으로 감시가 있을 것이 분명했다.

'일단 상황을 살필 필요도 있고……'

2~30분을 걷자 옛날 채석장으로 쓰였던 암석으로 둘러싸인 분지 같은 장소가 나타났다.

분지로 들어가는 입구에는 각종 박스가 산더미같이 쌓여

있었다.

무혁은 박스에 인쇄된 문자를 읽어 내려갔다.

"MRE."

박스들은 모두 미군의 전투식량이었다.

"오늘은 식량이군……. 아까운 일이야. 이것들만 있으면 이렇게 배를 곯지 않아도 되련만……."

"이것들을 어떻게 하기에 그러십니까?"

"모두 소각하지. 과거의 잔재를 없앤다나 뭐라나."

"……."

"식량뿐만이 아니야. 어떤 날은 총을 분해해 녹이기도 하고, 또 어떤 날은 대량의 약품을 폐기하기도 해. 미친 짓이지."

그야말로 미친 짓이다.

약품과 무기와 식량은 둠스데이 임팩트 이후를 살아가야 할 인간에게 생명 줄과 같은 물건들이다.

'그런데 모두 없앤다?'

생각해 낼 수 있는 이유는 오직 한 가지다.

'몬스터와 싸워 이길 수 있는 유일한 집단인 드래곤 라이더들에 대한 의존도를 높이기 위해서겠지. 이런 상황을 어디선가 들었던 것 같은데…….'

확실히 들은 적이 있다.

'생텀!'

생텀의 귀족들은 마나의 힘으로 백성을 지배했다.

마나의 존재는 귀족과 평범한 인간을 가르는 넘을 수 없는 장벽이었다.

'푸타나!'

희미했던 예상이 확신으로 변했다.

푸타나는 지구의 환경뿐만이 아니라 사회구조까지 생텀으로 만들려 하고 있었다.

*　　　*　　　*

작업은 납보다 무거운 침묵 속에서 진행되었다.

MRE 박스를 뜯고 비닐봉지를 잘라 안의 내용물을 피워둔 모닥불에 던진다.

"음식이 타고 있어."

안토니오가 떨리는 음성으로 말했다.

화를 내는 것도 같았고 울먹이고 있는 것 같기도 했다.

"아멜리아가 다쳤던 바로 그날 밤, 난 약들을 불구덩이에 던지고 있었어. 진통제 한 알이면 아멜리아의 고통을 덜어줄 수 있는데……. 그러지 못했지."

"……."

슬픈 작업은 달이 중천에 떠오를 때까지 이어졌다.

작업을 마치고 오두막으로 돌아온 무혁은 침대 하나를 배정받았다.

"일주일 전 죽은 사람의 것이야. 찝찝하더라도……."

"괜찮습니다. 충분합니다."

사람들의 코 고는 소리를 자장가 삼아 눈을 붙이려 했지만 잠이 오지 않았다.

한참을 뒤척이던 무혁은 이상한 움직임을 감지했다.

'응? 익숙한 소린데?'

소리는 100m 정도 떨어진 위치의 지하에서 들려오고 있었다.

군을 다녀온 대한민국 남자라면 절대로 잊을 수 없는 그런 소리다.

'삽질 소리!'

지하와 삽이라는 두 단어가 만나자 자연스럽게 땅굴이라는 단어가 떠올랐다.

'원정대원들이 탈출 땅굴을 파고 있음이 분명해.'

어쩌면 당연한 일이다.

적에게 잡힌 군인은 탈출할 의무가 있다.

하지만 지금은 아니다.

푸타나를 잡기 전에 대규모 탈출이 이뤄지면 많은 사람이 다친다.

무혁은 시간을 두고 상황을 살피려던 계획을 수정했다.

＊　　　＊　　　＊

삽질 소리의 근원지로부터 시작된 인간의 기척은 안토니오가 알려준 한국군 거주 오두막 중 가장 중심 건물로 이어지고 있었다.

'저기가 본부인가 보군.'

지붕에 올라 귀를 기울이니 사람들의 목소리가 들렸다.

반가운 한국어다.

"소리 조심해."

"자칫 잘못하면 지금까지의 고생이 모두 황 된다."

"씨발! 제대 말년에 이 무슨 좆 같은 경우인지."

"넌 말년이지? 난 한 달 전에 전역이었어."

"모두 조용해라."

"행보관님은 성질도 안 나십니까?"

"최소한 총으로 싸울 수 있는 놈들이어야 억울하지나 않죠."

"괴물들도 버젓이 돌아나는데 와이번을 타는 인간쯤이야 놀랄 일도 아니야."

"크~ 그나저나 사단장님은 상태가 어떻습니까?"

"영 안 좋으셔. 아무래도 일주일을 넘기기 힘들 것 같아."

"씨팔, 한국이라면 항생제 한 방이면 끝인데……. 아~ 짜

중 나."

"박 병장, 짜증은 흙에 풀어라. 얼른 파."

"알겠습니다. 쩝."

땅속이 다시 조용해지고 은밀한 삽질 소리가 이어졌다.

*   *   *

무혁은 사단장 감병오 소장의 오두막을 찾아냈다.

오두막 안은 살이 썩어가는 냄새로 가득 차 있었다.

무혁이 모습을 드러내자 감병호 소장을 간호하고 있던 30대 후반쯤의 여성이 몸을 일으켰다.

피곤한 기색이 역력해 보이는 여성은 안색을 찌푸리며 말했다.

"너 누구야! 여기 들어오면 안 돼!"

"……."

무혁은 여성을 무시하고 감병호 소장에게 다가갔다.

감병호 소장은 피와 고름으로 더럽혀진 더러운 붕대를 왼쪽 팔과 허리에 감고 침대에 누워 있었다.

여성이 무혁을 가로막아 섰다.

"말 안 들려? 관등성명 안 대?"

"전 문무혁이라고 합니다. 감 소장님하고는 안면이 있습니다."

눈을 감고 있던 감병호 소장이 몸을 일으켰다.

"크으윽!"

"그냥 누워 계십시오."

"괜찮네, 안 대위. 무혁 군은 내가 아는 사람이야."

"네……."

감병호 소장이 고통을 이기느라 이를 악물며 무혁을 바라보았다.

"꼴이 말이 아닐세. 면목이 없네."

"아닙니다. 어떻게 된 겁니까?"

"샌디에이고 항에서 로스앤젤레스로 전진하다가 자네 같은 괴물들을 떼거지로 만났지 뭔가. 재수가 옴 붙었다고 할 수 있지."

"적에 대한 정보는요?"

"내가 설명하는 것보다는 정보장교에게 듣는 편이 좋겠네. 안 대위, 박 소령 좀 불러주게."

"알겠습니다, 장군님."

안 대위가 오두막을 빠져나갔다.

감병호 소장과 무혁은 구면이다.

두 사람은 대통령의 강권으로 시작된 일본 털이 작전 때 처음 인연을 맺었고, 그 후로도 많은 대 몬스터 작전에서 함께 호흡을 맞춘 바 있다.

"안 대위는 간호장교라네. 우리 사단에 남은 유일한 의료

진이지. 약 없이 병사들을 돌보느라 신경이 곤두서서 그러니
자네가 이해하게."

"장군님, 상태가 심각해 보입니다."

"허허허, 21세기 백주대낮에 검에 찔리고 베일 줄 누가 알
았겠나."

"정보 부족이었습니다."

"끝까지 반대해야 했어."

무혁과 감병호 소장은 이번 원정을 처음부터 반대했었다.

몬스터와 싸워본 인간만이 몬스터의 무서움을 안다.

바로 두 사람이 그런 인간이었다.

"어쩔 수 없었잖습니까? 미군의 요청을 들어주지 않았다가
는 총구를 한국에 돌릴 참이었으니까요."

"그 덕에 많은 병사가 죽었어. 나도 이 꼴이고……. 그건
그렇고, 자네 혼자인가?"

"아닙니다. 로미와 세바스찬도 와 있습니다. 두 사람의 외
모상 다른 루트로 잠입 작전을 펼치고 있습니다."

"그렇군, 그랬어. 와줘서 고마우이."

"솔직히 말하면 오기 싫었습니다."

"크크크크, 자네다운 말이야."

어쩌면 정 없이 들릴지도 모르는 말이지만 감병호 소장은
조금도 서운한 기색을 보이지 않았다.

감병호 소장은 무혁이 둠스데이 임팩트 이전부터 인간의

상상을 아득히 뛰어넘는 사건들을 겪어왔다는 사실을 잘 알고 있다.

때문에 무혁이 원정대원의 안위보다 저 성에 살고 있을 누군가에게 우선순위를 둘 것이라 확신하고 있었다.

천생 군인인 감병호 소장은 무혁의 판단을 존중했다.

오두막으로 군인답지 않게 곱상한 인상을 가진 남자가 들어왔다.

"필승! 소령 박관용, 호출 받고 왔습니다."

"필승, 이리로 오게. 박 소령도 무혁 군 알지?"

"오랜만입니다."

박관용 소령이 무혁에게 악수를 청했다.

무혁은 그의 손을 잡고 말했다.

"고생이 많으십니다."

"전쟁에 진 군인일 뿐입니다."

"탈출 계획을 진행하고 계시더군요."

"안 대위에게 무혁 씨가 왔다는 말을 듣고 당장 중지시켰습니다."

"고맙습니다."

지극히 한정된 정보만으로 큰 그림의 대략을 파악하고 현상을 그려낸다.

그런 측면에서 보자면 박관용 소령은 매우 우수한 작전장

교였다.

인사를 마친 박관용 소령이 자신이 수집한 정보를 풀어놓기 시작했다.

"우선 병력 현황부터 보고 드리겠습니다. 총원 9,635명, 현재 인원 2,136명, 그중 환자는 123명입니다."

대한민국 최정예 해병사단이 70퍼센트의 병력 손실을 입었다.

비참한 결과다.

침통한 분위기 속에서 보고는 이어졌다.

"우리가 파악한 드래곤 라이더의 숫자는 모두 422명입니다."

박관용 소령이 때가 묻은 종이 꾸러미를 내밀었다.

1번부터 422번까지 번호를 붙이고 이름과 인상착의, 임무까지 기록되어 있는 드래곤 라이더들의 명단이다.

완벽한 정보 수집이었다.

무혁은 새삼 박관용 소령을 살폈다.

아무리 봐도 군인이라기보다는 학자 타입이다.

이런 남자가 해병대 정보장교로 복무하고 있다는 사실이 놀라웠다.

"드래곤 라이더들은 인간의 한계를 넘는 초인입니다. 무혁 씨처럼 말입니다. 관찰 결과 그 힘의 근원은 아마도 이것으로 생각됩니다."

박관용 소령은 다시 한 장의 종이를 내밀었다.

"드래곤 라이더들이 정기적으로 이 장신구들을 교체하는 모습이 포착되었습니다."

종이에는 목걸이와 팔찌와 허리띠와 발찌가 사진처럼 정교하게 그려져 있었다.

그림을 본 순간 무혁은 욕설을 내뱉었다.

"젠장!"

"아시는 물건입니까?"

"스칸다라는 집단이 사용하던 장치입니다. 아마 튜브라고 불릴 겁니다."

"스칸다라면……."

무혁은 스칸다에 대해 설명했다.

"그런 집단이 있었다니… 놀랍습니다."

"하… 첩첩산중이군요."

"……."

혼란스러웠다.

콩고와 굿마나라 동굴에서의 경험을 근거로 스칸다와 푸타나가 별도의 세력을 형성하고 있다고 믿었다.

때문에 둠스데이 임팩트 이후 스칸다에 대한 관심을 접었었다.

그런데 느닷없이 드래곤 라이더들이 스칸다일 가능성이 제기되었다.

'두 집단이 한편일 가능성은 없어. 그렇다면?'

무혁은 스칸다가 둠스데이 임팩트를 미리 알고 있었을 것이라는 결론에 다다랐다.

스칸다는 참극을 미리 알고 준비를 했고 이런 결과를 만들었다.

'다행이라고 해야 할까?'

상대가 푸타나라면 목숨을 걸어야 한다.

하지만 스칸다라면 이야기가 다르다.

그깟 액세서리에 의지하는 가짜 오러 따위는 무혁과 세바스찬의 상대가 되지 못한다.

머리가 빠르게 돌아갔다.

'근원을 부수면 그만이야.'

무혁은 단숨에 어떤 계획을 수립했다.

*　　　*　　　*

무혁의 머리가 팔랑개비처럼 돌아가고 있는 와중에도 박관용 소령의 보고는 이어졌다.

"이들의 우두머리는 라칭거 성하라고 불리는 백인 노인입니다. 80은 넘어 보이는 외모지만 매우 정정하고 또한 완벽하게 드래곤 라이더들을 장악하고 있습니다."

눈을 지그시 감은 채 고통을 참아내고 있던 감병호 소장이 대화에 끼어들었다.

"이런 이야기를 해도 괜찮을지 모르지만……."

"무슨 이야기십니까?"

"내가 생각해도 허무맹랑한 이야기라서 말이지."

"정보는 많을수록 좋습니다."

"처음 이곳에 잡혀 왔을 때 성으로 끌려간 나는 라칭거를 만났네."

"……."

"라칭거는 자신이 신이며 우리는 신의 성전을 건축하는 벌레라고 말했어. 성이 완성되면 노예를 시켜주겠다더군."

"미쳤군요."

"말만 잘 들으면 죽이지 않는다는 말이기도 했지. 난 그의 명령에 동의할 수밖에 없었어. 더 이상 부하들을 개죽음시킬 수는 없다는 판단이었지."

"이해합니다. 그런데 허무맹랑한 이야기란 건 뭡니까?"

"난 전에 라칭거를 본 적이 있는 것 같아."

"어디서 말입니까?"

"어디서라기보다는 '어떻게' 라는 표현이 맞겠지. 난 천주교 신자라네. 때문에 매주 일요일이면 성당에 나가 미사를 보곤 했지. 내가 라칭거를 본 건 바로 성당에서였어."

"……."

감병호 소장이 선언하듯 말했다.

"난 라칭거가 전 교황이었던 베네딕토 16세라고 생각하네."

"그런……."

베네딕토 16세는 2012년에 고령을 이유로 교황의 자리를 현 프란치스코 교황에게 넘기고 퇴위했다.

당시에도 80을 훌쩍 넘기는 나이였으니 지금쯤이라면 관 속에 들어가 있어도 놀랍지 않다.

'가만… 라칭거…….'

짚히는 바가 있었지만 확신할 수는 없었다.

"서울과 연락을 해야겠습니다. 다녀오는 길에 힐링 포션도 가져오겠습니다."

"그 귀한 포션을 나 같은 늙은이에게 쓸 필요는 없네. 나보다도 우리 장병들을 부탁하네."

"매정한 이야기일지도 모르지만 스칸다들을 물리치기 위해서는 소장님의 힘이 필요합니다. 병장이 장병들을 지휘할 수는 없지 않겠습니까?"

"허허허, 자네 말대로 참 매정한 이야기군. 하지만 옳아. 살아서 할 일이 있다면 해야겠지. 기다리겠네."

남몰래 수용소를 빠져나온 무혁은 장비를 숨겨둔 장소로 이동했다.

*　　*　　*

급격히 나빠진 위성 상태로 인해 한국과의 위성 연결은 쉽지 않았다.

치치치치.

치치치치치.

한참을 노력한 끝에 어렵사리 올리비아와 통신이 연결되었다.

무혁은 단도직입적으로 물었다.

"전대 교황이었던 베네딕토 16세의 속세 이름이 뭡니까?"

─느닷없이 베네딕토 16세의 이름은 왜 묻죠?

"나중에 말씀드리죠."

─잠시만 기다리세요.

잠시 후 올리비아는 베네딕토 16세의 이름을 말해주었다.

─독일 태생으로 이름은 요제프 라칭거(Joseph Ratzinger)예요.

"……."

─여보세요? 무혁 씨?

무혁은 한동안 말을 할 수 없을 만큼 큰 충격을 받았다.

독일에서 라칭거라는 성이 얼마나 흔한지는 모른다.

하지만 나이 대와 이름과 얼굴이 일치하는 라칭거가 성하라 불리며 파로마 산 정상에 세워진 성에 존재할 확률이 얼마나 될까?

무혁은 빠르게 현재 상황을 올리비아에게 설명했다.

─베네딕토 16세가… 아니, 라칭거가 스칸다의 수장일 수
도 있다? 놀랍군요.

올리비아 역시 경악했다.

"그간 스칸다가 보여준 기술력과 정보력을 고려하면 그 정
도 되는 인물이 관여되어 있다고 해도 놀랄 일은 아닙니다.
오히려 아쉽다고 할까요? 전 미국 대통령이 뒤에 있다고 생각
했습니다."

─하~ 현재로써는 미국 정부는 물론 생텀 코퍼레이션과
의 연락이 끊긴 지 오래란 사실은 무혁 씨가 더 잘 알잖아요.
그래서 이제 어떻게 할 생각이죠?

"잡아야죠. 그래서 무슨 짓을 벌인 것인지 알아내야죠."

─조심해요. 그리고 앞으로 무혁 씨가 가지고 있는 위성 전
화기로는 통신이 어려울 거예요. 남아 있는 위성 상태가 너무
안 좋아요.

시간이 지나면서 많은 수의 통신위성이 수명을 다했다.

남아 있는 위성들의 상태도 최악으로 치닫고 있다.

안타깝지만 대한민국은 독자적으로 새로운 통신 위성을
쏘아 올릴 능력이 없었다.

이런 이유들이 합해져 저출력 위성 전화기로는 통화가 불
가능한 상태에 이르렀다.

─세종대왕 함의 고출력 위성통신 장비를 이용해 연락할

수 있을 거예요. 그러나 그 루트도 언제까지 사용할 수 있을지 불확실해요.

무혁 일행을 상륙시킨 후 세종대왕 함은 드래곤 라이더를 피해 로스앤젤레스 항 앞바다에서 대기 중이었다.

"알겠습니다. 통신 끝!"

통화를 마친 무혁은 힐링 포션을 챙겨 감병호 소장에게로 돌아갔다.

제54장

캔달 가족

Sanctum

단도직입적으로 원정대원 사이에 숨어든 무혁과 달리 세바스찬은 조금 더 창의적인 방법을 생각해 냈다.

문제는 사용된 창의적인 방법의 정의를 세바스찬이 내렸다는 점이었다.

단숨에 오크 두 마리를 기절시켜 잡아 온 세바스찬은 로미와 함께 목장 주변에 잠복했다.

로미는 기절에서 깨어난 오크의 입에 돌멩이를 쑤셔 박고 있던 세바스찬에게 말했다.

"주민에게 오크를 풀어놓고 짠하고 나타나 위험에서 구해 준다. 이런 고전적인 방법이 정말로 가능할 거라 생각해요?"

"위험에 빠진 사람을 도와주는 기사를 내칠 인간은 없다구."

"여긴 지구예요. 기사라는 개념은 옛날에 사라졌다고요."

"저 성에 살고 있는 놈들이 현대의 기사야."

"대신 주민들은 계급사회를 용납하지 못하는 현대인이죠."

"둠스데이 임팩트로부터 벌써 3년이 지났어. 3년이면 현대인이 중세인이 되기에 충분하고도 남을 시간이야."

"휴~ 알아서 해요."

"크크크, 조용, 온다."

숲 속에서 중년 남자와 젊은 소년이 걸어 나왔다.

등에 진 나뭇가지로 보아 땔감을 모아 온 모양이었다.

"자~ 시작한다."

세바스찬은 오크를 들어 냅다 던져 버렸다.

쿵!

쿵!

오크들이 떨어진 장소는 두 남자의 바로 앞이었다.

"오크예요, 아빠!"

"랄프, 도망쳐!"

부자지간인 듯한 두 남자는 운이 없었다.

자신들이 당한 횡액에 대한 분풀이 상대가 필요했던 오크들은 입에 박힌 돌멩이를 빼내며 남자들에게 다가갔다.

꾸에에엑!

꾸에엑!

아빠가 랄프를 등 뒤로 밀어내며 손에 들고 있던 지팡이를 앞으로 내밀었다.

"저리 가!"

꾸에에엑!

분노한 오크가 손을 휘두르자 지팡이가 저 하늘로 날아갔다.

꾸에에엑!

꾸에엑!

일촉즉발의 상황.

아빠와 랄프는 점점 뒤로 물러났다.

두 사람의 얼굴에는 짙은 절망의 빛이 깃들어 있었다.

"랄프……."

"아빠……."

오크들이 두 사람에게 덤벼들었다.

꾸에에에에에엑!

꾸에에에에엑!

오크의 거대한 송곳니가 아빠의 목을 노렸다.

아빠는 등을 돌려 랄프를 안았다.

아들을 지키려는 처절한 부성의 표현이었다.

아빠와 아들에게 다가가는 오크를 보며 세바스찬은 광소를 터뜨렸다.

"크하하하."

너무나 정확히 예상대로 흘러가는 전개라 허탈하기까지 했다.

로미가 세바스찬의 뒤통수를 후려갈겼다.

딱!

"악! 왜 때려!"

"빨리 안 구해요?"

"큼, 조금만 더 극적인 장면이 연출되어야 효과가……."

로미는 다시 손을 들었다.

그 순간, 세바스찬이 목소리만 남기고 사라졌다.

"지구에 오고 나서 변해도 너무 변했어."

오크의 뒤에 나타난 세바스찬의 바스타드 소드가 경쾌한 반원을 그렸다.

서걱!

서걱!

툭!

투툭!

오크 머리 두 개가 사이좋게 땅과 마주했다.

세바스찬은 바스타드 소드를 어깨에 메고 말했다.

"이제 괜찮습니다. 다친 곳은 없습니까?"

부자가 고개를 돌렸다.

두 사람의 눈에는 오크를 봤을 때보다 더 진한 공포가 엿보였다.

아빠가 아들의 머리를 찍어 누르며 부복했다.

"감사합니다, 드래곤 라이더님."

"가… 감사합니다, 드래곤 라이더님."

계획대로 이뤄졌지만 한편으로 머쓱해진 세바스찬은 두 사람을 일어나게 했다.

"전 드래곤 라이더가 아닙니다."

아빠가 쓰러진 오크와 세바스찬을 번갈아 바라보며 물었다.

"그럼 어떻게?"

오크를 한숨에 해치울 수 있냐는 질문이다.

"여기 보세요."

세바스찬은 미리 준비해 둔 이야기를 풀어놓았다.

"오크 다리도 부러져 있고, 머리도 피투성입니다. 아마도 무리에서 떨어져 나온 외톨이들이겠지요. 두 분 정말 운이 좋으셨습니다."

"그런데 그 거대한 검은 뭡니까?"

"둠스데이 임팩트 이전에 로키 산맥에서 살았습니다. 서바이벌 마니아셨던 아버지 덕에 생존 기술을 많이 배웠죠. 배울 때는 정말 싫었지만 그 덕분에 지금까지 살아남을 수 있었습니다. 아~ 로미! 나와라."

수풀에서 나오는 로미를 본 순간 아빠와 아들의 표정이 풀어졌다.

아리따운 젊은 여성의 존재가 거대한 검을 든 낯선 남자에 대한 경계심을 누그러뜨렸다.

"전 캔달 로브라고 합니다. 이놈은 제 아들로 랄프입니다. 인사해라, 랄프."

"안녕하세요."

"안녕, 난 세바스찬, 여기 여동생은 로미라고 해."

인사가 끝나자 캔달이 물었다.

"그래, 두 사람은 이곳에 왜 왔습니까?"

"로키 산맥에 몬스터가 점점 많아져서요. 더 이상은 살 방법이 없어 이곳의 소문을 듣고 찾아왔습니다."

"잘 왔네, 잘 왔어. 마을로 가세."

캔달이 죽어 널브러진 오크를 발로 한 번 찬 후 앞장섰다.

*   *   *

계획은 그 계획을 세운 당사자인 세바스찬 스스로도 놀랍도록 순조롭게 진행되었다.

목장으로 돌아온 캔달은 세바스찬과 로미를 촌장의 집으로 데려갔다.

얼굴에 욕심이 100개쯤 달라붙어 있는 듯 보이는 초로의 촌장은 세바스찬과 로미를 위아래로 훑어보더니 말했다.

"세바스찬이라고 했지? 자네는 무슨 일을 할 줄 아나?"

"전 사냥꾼입니다. 오면서 봤는데 여긴 목장이니 가축을 지키는 일을 잘할 수 있을 것 같습니다."

"그럼 로미 자네는?"

"전 약초를 잘 다뤄요."

"치료사라… 마을에 도움이 되긴 하겠지만……."

촌장이 말꼬리를 흐렸다.

캔달이 나섰다.

"이 두 사람이 아니었다면 저와 랄프는 지금쯤 오크의 뱃속에 들어 있을 겁니다."

"그렇긴 해도……. 낯선 사람을 마을에 들인다는 게 말처럼 쉬운 일이 아니라서……."

"촌장님이 마을과 라칭거 님을 위해 얼마나 고생하고 계시는지 잘 압니다. 따로 제가 인사를 하겠습니다."

"인사라……. 허허허, 꼭 그런 걸 바라는 건 아니지만……. 알았네. 내 자네를 봐서 두 사람을 받아들이지."

"감사합니다, 촌장 어르신."

"그럼 어디에 살게 한다? 당장은 빈집이 없는데 말이지."

"제 집에 데리고 있겠습니다."

"그렇게 하게."

촌장이 마을 주민 명부에 이름을 기록하자 세바스찬과 로미는 정식으로 마을 주민이 되었다.

촌장의 집을 빠져나오자 세바스찬은 물었다.

"따로 인사를 하다니 무슨 말입니까?"

"세상이 굴러가려면 적재적소에 기름칠을 해야 한다는 이야기지. 신경 쓰지 말게."

마을을 지나면서 본 집들은 심각한 수준이었다.

집 자체도 허름했고 오물을 그냥 바깥에 버리는 바람에 썩은 냄새가 진동했다.

주민들이 스스로 나무 집을 지어본 경험이 없어 일어난 참상이다.

그러나 캔달의 통나무집은 상황이 달랐다.

마을에서 상당히 떨어진 목장 한쪽 끝 초원 위에 자리 잡은 캔달의 오두막은 엽서의 사진처럼 아름다웠다.

"집이 근사합니다."

"벌 때문에 산속에서 오래 살다 보니 혼자 집을 수리할 일이 많았거든."

통나무집을 배경으로 상당한 숫자의 벌통이 보였다.

"이 벌통들 때문에 다른 사람은 접근하지 않아."

캔달은 양봉을 한다고 했다.

"둠스데이 임팩트 이전에 양봉업을 했지. 덕분에 산속에 있다가 가족이 살아남을 수 있었고……."

"꿀이라… 꽤나 돈이 되겠습니다."

생텀에서 꿀은 귀중품이다.

설탕이 발견되지 않아 단맛을 내는 방법이 한정되어 있어서다.

캔달도 같은 취지로 대답했다.

"내 입으로 이런 말하긴 그렇지만 꽤 버는 편이야. 설탕의 사용이 금지된 후 단맛을 낼 수 있는 건 과일과 꿀뿐이거든. 수용소에 잡혀 있는 아시아인 중에는 보리로 엿이라는 캔디를 만들 수 있는 사람이 있다는 소문은 들었지만, 어차피 우리와는 상관없는 일이고."

"그럼 촌장에게 한다는 인사도……."

"당연히 꿀이지. 꿀은 귀중품이라고."

"그렇군요."

"들어가지."

오두막의 내부는 외부만큼이나 잘 꾸며져 있었다.

*   *   *

캔달의 아내 줄리아는 핑크 돼지를 연상시키는 몸집과 피부를 가진 인상 좋은 여성이었다.

잠시 낯선 두 사람을 경계하던 줄리아는 캔달로부터 사정을 듣자 돌변했다.

"정말 고마워요. 두 사람이 아니었다면 하마터면 과부가
될 뻔했네요. 살짝 서운하긴 하지만 어쩔 수 없죠. 호호호호
호."

"못 하는 소리가 없어."

"엄마!"

"호호호호, 농담, 농담. 정말 고맙고 반가워요."

줄리아는 말이 많은 여자였다.

―촌장은 말이지, 옆 마을 방앗간 과부에게 흠뻑 빠져 있다
지 뭐야. 마을 사람들에게 강탈한 물건들을 몰래 가져다 바치
면서 환심을 사려고 하는데 그쪽에서 싫다고 하나 봐. 주책이
지, 주책이야.

―울프슨네는 안방 침대 밑에 몰래 지하실을 만들었는데
그 안에 뭐가 있는지는 아무도 모르지. 소문에 의하면 약품이
하나 가득이란 말이 있어.

―저 뒷산 중턱에 동굴이 하나 있는데 밤마다 그 안에서 노
인의 울부짖는 소리가 들린다고 해. 무엄하게 라칭거 님에게
반역한 죄인이라는 말도 있고 귀신이라는 말도 있지. 옛날 같
으면 귀신이 어디 있냐고 하겠지만, 몬스터가 돌아다니는 세

상이니 무슨 일인들 안 일어나겠어?

―파울 네는 아이에게 수학을 가르친다는 말이 있어. 알다시피 덧셈, 뺄셈, 곱셈, 나눗셈 이외의 수학은 금지잖아? 하긴 파울 네 부모가 모두 옛날에 선생님이었다니 이해 못 할 일도 아냐.

처음에는 쉽게 많은 정보를 얻게 되어 기뻤던 세바스찬이지만 줄리아의 수다는 정보 과잉 단계를 넘어 넘칠 지경이었다.

구세주는 캔달이었다.

굳은 표정으로 끼어든 캔달이 말했다.

"줄리아, 저녁 안 먹어?"

"어머, 내 정신 좀 봐. 다들 배고프죠? 오랜만에 솜씨 좀 발휘해 볼까!"

"저도 도와드릴게요."

로미가 팔을 걷어붙이고 일어났다.

"호호호, 역시 아들보다는 딸이라니까. 당신은 술 꺼내 오고 랄프는 저장고에 가서 과일하고 채소를 좀 가져오렴."

줄리아는 수다만큼이나 요리 솜씨도 뛰어났다.

"빵은 아침에 반죽해서 발효시켜 놨지. 그래야 맛있거든."

아이 속살처럼 보기 좋게 부푼 반죽이 캔들이 직접 진흙을 개어 만들었다는 화덕으로 들어갔다.

구수한 빵 굽는 냄새가 오두막에 퍼졌다.

빵이 구워지기 시작하자 줄리아는 말린 고기와 감자와 당근과 토마토, 파슬리를 깍둑썰기 시작했다.

"할머니 때부터 내려온 비장의 스튜지. 포인트는 말린 고기야. 후추가 있었으면 더 좋았겠지만 알다시피 후추는 금지 식품이니까."

드디어 스튜와 빵이 완성되어 테이블에 놓였다.

여기에 꿀 술과 무화과와 사과, 그리고 버터와 치즈가 더해지자 조촐하지만 따스한 저녁 식사가 완성되었다.

스튜를 한입 떠먹은 세바스찬과 로미는 입을 모아 말했다.

"정말 맛있어요."

"정말 맛있어요."

세바스찬과 로미의 말은 진심이었다.

그동안 강한 향신료와 첨가물로 만들어진 자극적인 지구 음식만을 먹어온 두 사람이기에 줄리아의 음식은 마치 고향의 음식처럼 따스한 향취를 선사해 주었다.

두 사람이 열광적인 반응을 보이자 줄리아는 무척 기뻐했다.

"그동안 산속에서 얼마나 못 먹었으면……. 더 있으니 많이 먹어요."

변변한 도구도 없고, 향신료도 없이 만들어진 스튜가 맛이 있어야 얼마나 맛있겠는가.

그러나 자신이 만든 요리를 맛있게 먹어주는 사람을 싫어할 요리사는 없다.

줄리아는 호탕한 웃음을 터뜨렸다.

캔달은 툴툴거리는 랄프의 머리를 쥐어박은 다음 그의 방을 세바스찬과 로미에게 내주었다.

"불편하겠지만 당분간은 여기서 지내도록 해."

"감사합니다."

"감사는 무슨……. 다시 말하지만 두 사람은 나와 아들의 생명의 은인이라고."

캔달이 나가고 세바스찬과 로미는 무혁과 반지통신을 시도했다.

[무혁 오빠, 들려요?]

[응, 잘 잠입했어?]

[네. 세바스찬 오빠가 오랜만에 머리를 사용했어요.]

로미는 하루 동안 있었던 일을 이야기해 주었다.

무혁은 순수하게 놀랐다.

[세바스찬이 머리를 못 박는 용도 외에 다르게 사용할 수 있다니 놀라운걸?]

[동감이에요.]

듣고 있던 세바스찬이 콧방귀를 뀌었다.

[도멜 가문 역사상 최고의 천재라 불리는 남자가 바로 나야.]

[누구 가문에 엄청난 소드마스터가 있었다고 들었는데……. 어느 가문이었더라?]

[하여튼 대충 넘어가는 법이 없어. 쿵.]

[크크크크.]

농담으로 긴장을 푼 무혁은 자신이 알아낸 정보를 이야기해주었다.

[라칭거가 우리가 만났었던 프란치스코 교황의 전대 교황이란 말이지? 놀라운걸!]

[그래, 나도 믿기지 않아.]

[그런데 한편으로 안심이 되지 않아? 푸타나보다야 상대하기가 수월하겠지.]

[나도 같은 생각이다. 어쨌든 우리의 일차적인 목표는 드래곤 라이더들이 사용하는 '튜브'에 마나를 주입하는 설비야. 그걸 박살 내야 한결 일이 쉬워져.]

[당연하지. 날파리를 그냥 놔두고 식사를 할 수는 없는 법이니까. 알았어. 방법을 찾아볼게.]

[조심하고!]

[형이나 조심해.]

통신을 마친 세바스찬과 로미는 잠자리에 들었다.

로미는 랄프의 침대를 사용하고 세바스찬은 딱딱한 바닥이다.

"불편하지 않아요?"

"괜찮아. 옛날 생각 나고 좋은데, 뭘."

"……."

잠시 침묵이 흐른 후 로미가 입을 열었다.

"어떻게 생각해요?"

"뭐가?"

"지금의 지구 말이에요."

"푸타나가 미친 거지. 지구를 생팀으로 만들려고 하다니."

"정말 그것뿐일까요?"

"무슨 소리야?"

"아… 아니에요."

누워 있던 세바스찬이 몸을 일으켰다.

"혹시 생팀에 가고 싶어서 그러는 거야?"

"세바스찬은요?"

"가고 싶지. 하지만 무혁 형이 걸려."

"……."

"그래도 푸타나만 잡으면 지구에서 우리가 할 일은 다 한 것 아닐까? 지구를 배우겠다는 목적도 사라진 것 같고……."

"그래도……."

"아니면 무혁 형에게 생팀으로 가자고 하자. 지구를 원상 복구 시키는 방법이 생팀에 있을지도 모르잖아."

생각할수록 좋은 아이디어다.

"우리 3명이서 대륙을 여행하는 거야. 지구처럼 비행기나 자동차가 없어서 불편하긴 하겠지만 나름 정취가 있다구."

"……."

"크크크. 생텀에서는 무혁 형의 잘난 척을 보지 않아도 되구. 어떻게 생각해?"

"무혁 오빠가 승낙할까요?"

"로미가 가자고 하면 좋다고 따라나설걸? 무혁 형은 로미를 좋아하잖아."

"…절 좋아해서는 안 돼요."

"그렇긴 하지. 로미는 신관이니까. 하지만 유리아 여신님이 통 크게 허락하실지도 모르잖아. 로미와 무혁 형은 유리아 여신님께 각별한 관심을 받는 존재니까 말이야."

"……."

"솔직히 이유가 궁금하긴 해. 로미는 그렇다 처도 무혁 형을 왜 그렇게 편애하시는지, 원. 웅? 잠시만!"

세바스찬이 귀를 쫑긋거렸다.

"……."

"무슨 일이죠?"

"하~ 뭐라고 해야 하나. 캔달 가족 말이야."

"……."

"기도를 올리고 있어. 주기도문 같아."

"기독교인이었군요. 위험할 텐데……."

"들키면 죽음이겠지. 기존 종교는 모두 금지라고 했으니까."

"우리가 끼어들 문제는 아닌 것 같아요."

"그야 그렇지만…… 줄리아가 음식을 챙겨 랄프에게 주는데? 누군가에게 가져다줄 생각인 것 같아. 이 가족은 누군가를 숨겨주고 있어."

"누굴까요?"

"그걸 알아보는 방법은 한 가지뿐이지."

세바스찬의 신형이 사라졌다.

*   *   *

음식 바구니를 든 랄프는 곧장 뒷산으로 향했다.

어두운 밤이지만 한두 번 와본 길이 아닌지 산길을 걷는 랄프의 걸음은 거침이 없었다.

그렇게 한참을 산길을 걷던 랄프가 멈춘 장소는 바위 무더기와 수풀이 우거진 산등성이었다.

랄프는 잠시 주변을 살핀 후 수풀을 헤쳤다.

그러자 한 사람이 겨우 기어 들어갈 수 있는 넓이의 바위틈이 모습을 드러냈다.

랄프가 다시 한 번 주변을 살피고 바위틈으로 기어 들어갔다.

'도대체 어떤 사람을 숨겼기에…….'

세바스찬은 동굴 안을 향해 정신을 집중했다.

랄프가 안의 사람에게 인사를 하고 음식을 풀어놓았다.

"시장하셨죠, 포프."

"날마다 미안하구나, 랄프야."

"그런 말씀 마세요. 당연히 해야 할 일인걸요. 그건 그렇고 오늘 죽을 뻔했어요."

"죽을 뻔했다니? 무슨 이야기지?"

"어떻게 된 거냐면요, 아빠랑 산에서 나무를 해 오는 길에 오크를 만났거든요."

"저런, 다치지는 않았느냐?"

"다쳤으면 제가 이 자리에 있겠어요, 포프? 다행히 두 사람이 나타나 오크를 죽여주었죠."

"다행이구나."

"세바스찬과 로미라는 이름을 가진 남매인데요. 로키 산맥에서 살았대요."

포프의 목소리가 높아졌다.

"세바스찬과 로미라고 했느냐?"

"네, 정말 잘생기고 아름다운 남매예요. 특히 로미 씨는 정말 천사처럼 생겼다니까요."

"설마……."

"왜 그러세요?"

"아… 아니다. 내가 잘못 생각한 것 같다. 그 사람들이 여기 있을 이유가 없지."

대화를 듣던 세바스찬은 포프의 정체를 알아냈다.

'왜 그 사람이 여기 있는 거지?'

세바스찬은 바위틈으로 들어갔다.

좁은 바위틈 너머에는 작은 방 크기의 공간이 존재했다.

갑자기 바위틈으로 들어오는 세바스찬을 본 랄프가 기겁을 했다.

"세바스찬이 어떻게 여길……."

"나중에 이야기하자."

세바스찬은 포프를 바라보았다.

"프란치스코 교황님, 당신이 왜 여기 있는 겁니까?"

프란치스코 교황 역시 세바스찬에게 물었다.

"세바스찬 남작, 당신은 왜 여기 있는 건가."

"이야기하자면 깁니다."

"나도 길다네."

"밤도 길죠."

영문 모른 채 두 사람의 대화를 듣고 있던 랄프가 더 이상 참지 못하고 끼어들었다.

"두 분 아는 사이였어요?"

세바스찬은 대답대신 축객령을 내렸다.

"랄프, 이만 집에 가렴."

"네? 저도 여기 있으면 안 되나요?"

"세상에는 알아서 약이 되는 지식도 많지만 반대로 알아서 독이 되는 지식도 많단다."

"그렇지만……."

프란치스코 교황도 랄프를 달렸다.

"남작님의 말이 맞다. 랄프, 오늘은 이만 돌아가려무나."

"알겠습니다, 포프."

서운함과 호기심을 감추지 못하는 랄프에게 세바스찬은 마지막으로 다짐을 받았다.

"여기에서 있었던 일은 절대로 비밀이다."

"엄마, 아빠에게도 말인가요?"

"아버지, 어머니를 위험에 빠뜨리고 싶지 않다면!"

"알았어요, 알았다구요."

등으로 아쉬움을 줄줄 흘리며 랄프가 동굴을 빠져나갔다.

잠시 산을 내려가는 랄프의 기운을 살피던 세바스찬은 프란치스코 교황을 돌아보았다.

"먼저 이야기하십시오."

"아무래도 그게 순서겠지."

긴 한숨을 내쉰 프란치스코 교황이 이야기를 시작했다.

제55장

프란치스코

Sanctum

둠스데이 임팩트 바로 그 순간 프란치스코 교황은 대서양 상공을 비행하는 여객기의 이코노미 좌석에 앉아 있었다.

크리스티나 수녀는 이코노미 좌석에 앉아 있는 프란치스코 교황 때문에 걱정이 이만저만이 아니었다.

"불편하지 않으세요, 포프?"

"허허, 자네도 알다시피 난 이 옥좌에 앉기 전부터 대중교통을 이용해 왔다네. 그러니 내 걱정은 하지 말게."

"아무리 그래도……."

"네바다 사막의 뙤약볕 아래서 1,000명의 천사의 군단(Legion of Angels:LOA)이 땀을 흘리고 있네. 이 정도는 고생도 아니지."

"알겠습니다, 포프."

"그리고 크리스티나 수녀, 더 이상 포프란 말은 쓰지 말게. 온 동네에 광고하는 것도 아니고 말일세."

"호호호호, 그럼 포프, 아니, 호르헤 님도 저에게 수녀라고 하지 마세요."

프란치스코 교황의 본명은 호르헤 마리오 베르고글리오(Jorge Mario Bergeglio)다.

"내 정신 좀 보게나. 알았네. 그럼 난 자네를 뭐라 불러야 하나?"

"그냥 크리스틴이라고 부르세요."

"속명이 있을 텐데?"

"잊은 지 오래예요."

"그럼 그렇게 부르겠네. 크리스틴."

"호호호호."

"허허허."

프란치스코 교황의 웃음소리가 공허했다.

평범한 옷으로 갈아입고 교황청을 빠져나와 택시를 타고 레오나드로 다빈치 국제공항에 도착해 비행기를 탔다.

그 과정에서 누구도 두 사람을 알아보지 못했다.

계획대로 이뤄진 점이 기쁘면서도 또 한편으로 서운한 프란치스코 교황이다.

"한편으로는 섭섭하기도 해. 아직까지 내가 부족하구나 하는 생각도 들고."

"호르헤 씨는 정말 잘하고 있어요. 제가 보증하죠."

"고마운 말이야."

잠시 창밖의 구름을 바라보던 크리스티나 수녀가 물었다.

"앞으로 어떻게 될까요?"

"뭐가 말인가?"

"이 세상이 말이에요."

"모두가 주님의 뜻대로 이뤄지겠지."

"하지만……."

크리스티나 수녀가 말을 멈췄다.

프란치스코 교황은 그런 크리스티나 수녀의 망설임을 이해했다.

또 다른 세상이 존재한다.

그리고 그 세상에는 13좌의 신이 권능을 행사한다.

유일신을 믿는 기독교인들에게는 믿음의 뿌리가 흔들리는 상황이다.

'내가 저 어린 양에게 어떤 말을 해줄 수 있을까?'

프란치스코 교황은 주먹을 불끈 쥐었다.

이 배덕의 시기에 자신이 교황이 된 이유가 있을 것이다.

그 이유를 알기 전까지는 의문을 가져서는 안 된다.

"믿음이란 때론 슬픈 거라네. 모든 사람이 전부 거짓이라고 말하는 걸 참이라고 믿어야 하거든. 그것도 증명되지 않는 자신의 의지만으로 말일세."

"호르헤 씨."

"준비하고 기도해야 해. 그게 지금 우리가 할 일이야."

"알겠어요, 호르헤 씨."

두 사람은 각자의 믿음을 돌아볼 시간이 필요했다.

그러나 그 시간은 영원히 찾아오지 않았다.

"저기⋯⋯."

금발의 스튜어디스가 다가왔다.

그녀는 당혹스러운 표정을 감추지 못하며 프란치스코 교황에게 속삭이듯 말했다.

"기장님이 뵙자고 하십니다."

"날 말입니까?"

"네. 포⋯⋯."

포프란 단어가 들리지 않을 만큼 작은 목소리다.

프란치스코 교황은 크리스티나 수녀를 바라보았다.

크리스티나 수녀도 프란치스코 교황을 바라보았다.

주변의 승객들이 그런 두 사람을 바라보며 미소 지었다.

항공사도, 승무원도, 승객들도 모두 프란치스코 교황을 알고 있었다.

그 사실을 모르고 뿌듯해했다는 사실이 우스꽝스러웠다.

누가 먼저라고 할 것 없이 두 사람은 웃음을 터뜨렸다.

"허허허허."

"호호호호."

"바보 같은 짓이었어."

"그래요. 바보 같은 짓이었어요."

프란치스코 교황은 조종실로 안내되었다.

부기장에게 조종간을 맡긴 기장이 부동자세로 프란치스코 교황을 기다리고 있었다.

"비밀리에 여행하시는 것 같아 번잡스럽지 않게 승무원을 통해 승객분들께 협조를 구했습니다. 승객분들도 흔쾌히 승낙 해주셨고요."

"덕분에 조용한 여행을 하게 되었습니다. 감사드립니다. 그런데 무슨 일로 저를 보자고 하셨는지요."

기장의 얼굴은 어두웠다.

"아시다시피 본 항공편의 목적지는 로스앤젤레스입니다."

"그렇지요."

"그런데 중간 항로의 모든 공항이 응답을 하지 않고 있습니다."

"비행기에 대해서는 잘 모르지만… 혹여 무전기가 고장이라도 난 겁니까?"

"그렇진 않습니다. 무전기는 문제없이 잘 작동하고 있습니다. 다만 관제탑과 연락이 되지 않을 뿐입니다."

"그런 일이……. 하면 앞으로 어떻게 하실 생각이신지……."

"텔레비전 방송국도 송출을 멈췄습니다. 그래서……."

기장이 태블릿 PC를 내밀었다.

태블릿 PC는 등록된 CCTV의 실시간 영상을 송출하는 사이트에 인터넷을 통해 접속이 된 상태였다.

"혹시나 하고 들어가 봤더니 이런 상황입니다."

불타는 거리를 수백 마리의 오크가 달리고 있었다.

기장이 흔들리는 눈빛으로 말했다.

"일본이 이런 식으로 멸망했다는 이야기를 들었습니다."

"……."

"미국도 멸망한 걸까요? 아니, 미국 말고 전 세계가 이 꼴 아닐까요?"

"신이시여."

우려가 현실로 나타났다.

프란치스코 교황은 성호를 그렸다.

기장이 함께 성호를 그린 후 말했다.

"이미 되돌아갈 연료는 없습니다. 어떻게 해야 할지 자문을 받고 싶습니다, 포프."

대답은 처음부터 정해져 있었다.

"우리는 네바다 주의 에스메랄다 카운티로 가야 합니다."

"왜 그곳에……. 제가 알기로 그곳은 사막 한가운데일 텐데요."

"그곳에 저 괴물들을 물리칠 성전사들이 있습니다. 우리는 그들을 만나러 가는 길입니다."

"설마 포프께서는 오늘의 참변을 미리 알고 계셨던 겁니까?"

"오늘일지는 몰랐습니다."

정직한 대답이었다.

기장은 다시 물었다.

"예전의 세상으로 돌아갈 수 있습니까?"

"장담하지 못하지만 돌아간 예가 있다고 알고 있습니다. 저 눈부신 태양의 그늘 뒤편에서 아무도 모르게 괴물과 싸워온 사람들이 있기 때문입니다."

"전 아이가 두 명 있습니다. 그들을 축복해 주시겠습니까?"

"당연합니다. 기도합시다."

기도가 끝나자 기장이 부기장에게 말했다.

"항로 변경은 없다. 우리의 목적지는 로스앤젤레스 국제공항이다. 아니, 성전사들이 기다리고 있는 에스메랄다 카운티다."

알리탈리아 항공 소속 보잉 747 여객기는 로스앤젤레스를 향해 날아갔다.

그리고 그런 와중에도 지상에서는 지옥이 펼쳐지고 있었다.

                    *   *   *

　로스앤젤레스 국제공항은 파괴되고 불탄 항공기로 막힌 활주로 때문에 도저히 착륙할 수 있는 상황이 아니었다.

　기장은 기수를 에스메랄다 카운티와 캘리포니아의 경계지점에 있는 다이어 공항으로 돌렸다.

　다이어 공항(Dyer Airport)은 네바다의 메마른 사막 한가운데 자리한 비포장 활주로 하나뿐인 작은 공항이었다.

　프란치스코 교황으로부터 지상의 상황을 전해들은 승객들은 한마음 한뜻으로 무사 착륙을 기원했다.

　그 성원에 보답이라도 하는 것처럼 기장은 보잉 747 여객기를 멋지게 착륙시켰다.

　결과적으로 다이어 공항에 착륙한 선택은 탁월했다.

　면적이 제주도보다 넓은 에스메랄다 카운티의 인구는 겨우 780여 명이다.

　그만큼 오크로 변할 인구도 적었고 오크를 만날 확률도 희박했다.

　승객들은 회의 끝에 프란치스코 교황을 따르겠다는 결론을 내렸다.

　지상에 지옥이 시작된 이상 교황이란 이름은 그 어떤 무력보다도 큰 힘이 되고 있었다.

　"게다가 성전사단도 있다잖아."

"LOA라고 했던가?"

"혹시 그들도 오크로 변하지 않았을까?"

"비행기에서 이야기 안 들었어? 프란치스코 교황님이 직접 가려 뽑으신 신의 전사들이라고 하셨잖아."

"LOA를 준비하실 거면 미리 막을 수도 있지 않았을까 해서 말이지."

"네 의문도 일리는 있어. 하지만 지금은 살아남아야 해. 그 방법밖에 없잖아?"

"하긴……."

공항을 지키고 있던 관리원들은 갑자기 착륙한 747기에 한 번 놀라고 프란치스코 교황의 등장에 두 번 놀랐다.

안 그래도 다른 곳과 연락이 전혀 되지 않아 불안해하던 그들은 프란치스코 교황의 설명을 듣고 기꺼이 공항 매점과 자판기와 창고를 털어 승객들에게 식수와 식량을 내주었다.

당장의 식량 문제가 해결되자 프란치스코 교황은 LOA를 찾아가기로 결정했다.

일단 주소는 있었지만 그곳으로 가는 일은 또 다른 문제였다.

도움을 청하자 한 관리자가 나섰다.

"말씀하신 군사 캠프의 위치는 제가 압니다. 차로 3시간정도를 가야 하죠. 황량한 사막이라서 걷는 건 무립니다."

관리인은 트럭을 가지고 있었고 기꺼이 안내를 자처했다.

프란치스코 교황은 승객들을 공항에서 기다리게 하고 크리스티나 수녀와 함께 군사캠프로 출발했다.

*   *   *

여기까지 이야기를 마친 프란치스코 교황은 피곤한지 눈을 비볐다.

"난 트럭에 타고 공항을 떠났지. 그게 승객들과의 마지막이 될 줄은 당시에는 정말 몰랐었어."

프란치스코 교황은 LOA가 훈련받고 있던 군사캠프에서 믿기 힘든 사실을 목격했다.

"LOA 모두가 은빛 갑옷을 입고 있었어. 난 그 갑옷이 어디서 났는지, 어떤 용도로 쓰이는지 몰랐지. 나도 모르게 LOA를 장악한 한 인물의 존재를 알기 전까지는 말일세."

중세 시대 러시아 황제나 입었음직한 붉은색과 황금색이 어우러진 예복을 입고 나타난 그 인물의 정체는 바로 베네딕토 16세, 라칭거였다.

"이유를 묻는 나의 질문에 그는 웃으며 말했어. 자신이 믿어 왔던 신에게 깊은 배신감을 느꼈다고 말이야."

생텀 13좌의 신 중 어쩌면 가장 약한 신일지도 모르는 투르칸이 보여준 권능에 비해 침묵으로 일관하고 있는 자신의 신에게 실망한 것이다.

라칭거는 푸타나를 만나고 난 후 미국 대통령인 빌리 체임벌린과 극비리에 회동을 가졌다.

당연한 이야기지만 빌리 체임벌린 대통령은 이미 생텀의 존재를 알고 있었다.

그리고 그에 따른 대비도 준비 중이었다.

"빌리 체임벌린 대통령이 스칸다란 조직을 만든 이유는 생텀의 존재를 기회이자 위협으로 받아들였기 때문이었네."

두 사람은 곧장 의기투합했다.

체임벌린 대통령은 막대한 자금이 소요되는 스칸다의 유지에 골머리를 앓고 있었고 라칭거에게는 전 세계의 검은 자금이 모여드는 바티칸 은행이 있었다.

—생텀의 공격에서 지구를 지킨다.

언뜻 보기에는 건전하기까지 한 이 목표를 위해 조심스러운 접촉 과정을 통해 더 많은 사람이 합류했다.

더 말할 것도 없이 이렇게 선발된 사람들은 모두 지구의 돈과 권력을 좌지우지하는 거물이었다.

이들은 스스로의 조직을 '메루(Meru)'라고 불렀다.

메루는 수메루(Sumeru)에서 따온 말로 수메루는 힌두교와 불교에서 말하는 수미산(須彌山), 즉 우주의 중심을 의미했다.

지구 전체의 자본과 과학이 메루에 집중되었다.

메루 소속 과학자들은 마나의 본질을 밝혀냈고 그 생성 원인까지 파악해 냈다.

이 과정에서 만들어진 것이 마나 저장 장치인 '튜브'였다.

튜브를 사용한 전투 부대가 결성되었고 이 부대는 스칸다라는 이름을 부여받았다.

생텀의 마법과 지구의 과학, 이 이질적인 두 학문의 접목을 성공시킨 메루는 시간이 지날수록 점점 더 강해졌다.

메루의 구성원들은 그 결과물을 온몸으로 받아들였다.

"라칭거는 스스로를 불사(不死)라고 말했어. 그러면서 나에게 그런 능력을 주지 못하는 하느님을 조롱했지. 아니, 자신이 이미 신이라고 말했어."

"……."

프란치스코 교황의 이야기는 마무리 단계에 접어들고 있었다.

"크리스티나 수녀는 라칭거의 전리품으로 저 성으로 끌려갔네. 난 산속에 버려졌지."

라칭거는 프란치스코 교황에게 말했다.

―네가 믿는 신의 나약함과 쓸모없음을 처절히 경험하라.

프란치스코 교황은 산을 헤매다 그를 알아본 로브 가족을 만났다.

"좋은 가족이었지. 교회가 꿈꾸는 바로 그런 가족 말일세. 때문에 나는 함께 살자는 로브 가족의 청을 받아들일 수 없었네. 그들이 믿는 신에 대해 확신할 수 없는 교황이라니…….
정말 웃기지 않은가?"

"……."

이야기 도중 10년은 늙어버린 듯한 프란치스코 교황이 물었다.

"세바스찬 군, 자넨 신이 존재한다고 믿는가?"

세바스찬은 1초도 망설이지 않고 대답했다.

"신은 존재합니다."

가정형이 아니라 확신형이었다.

프란치스코 교황이 고개를 숙였다.

"난, 자네가 정말로 부럽다네."

"……."

대화는 끝났다.

세바스찬은 프란치스코 교황의 처분에 고심했다.

'젠장, 형에게 물어보는 수밖에……'

세바스찬은 무혁을 반지 통신으로 호출했다.

모든 이야기를 들은 무혁은 말했다.

[그에게 어떻게 하고 싶냐고 물어봐.]

대답이 돌아왔다.

[그냥 여기 이대로 있고 싶다는데?]

[그럼 그렇게 하라고 해.]

[여긴 습한 동굴이야. 노인에게 해롭다구.]

[스스로의 선택이야. 그리고 나중에 그가 할 일이 있을 거야. 그가 좋아하든 싫어하든 말야.]

[그렇다면 어쩔 수 없지. 알았어.]

세바스찬은 무혁을 말을 전했고 프란치스코 교황은 그 말을 받아들였다.

"내가 할 일이 있다? 믿기지 않지만 기대한다고 전해주게."

"교황님이 싫어하는 일일수도 있다는데요?"

"그 또한 신의 뜻이겠지."

"그렇죠. 신."

세바스찬은 프란치스코 교황의 생각을 이해할 수 없었다.

그에게 신이란 항상 옆에 있는 존재였다.

그가 믿는 전쟁의 신 아리스는 진심으로 믿으면 권능으로 스스로의 위대함을 증명해 보여주었다.

불신하면 또한 그 권능으로 신의 무서움을 신자에게 확신시켰다.

'심플하고 간단하잖아. 지구의 신은 뭔가……'

세바스찬은 한참동안 지구의 신에 대한 표현을 찾았다.

그가 찾아낸 표현은 다음과 같았다.

'복잡하고 이상해.'

세바스찬은 복잡하지도, 이상하지도 않는 아리스 여신을
찬양했다.

                    *   *   *

세바스찬은 일주일에 걸쳐 성에 대한 정보를 수집했다.

매일 밤, 무혁으로부터 갖은 짜증과 협박과 애원이 쏟아졌
지만 세바스찬은 아랑곳하지 않았다.

[정보가 생명이라고 말한 건 형일 텐데?]

[그래도 일주일은 너무 길어. 딱 굶어죽기 좋겠다.]

[형이야 살짝 빠져나와 해결하면 되잖아.]

[도둑질도 한두 번이지. 게다가 훔친 음식도 기껏해야 소금
에 절인 돼지고기에 바위도 깰 만큼 단단한 빵뿐이라고.]

[알았어. 안 그래도 내일 새벽에 움직일 거야. 형도 준비
해.]

[어쭈, 어째 네가 주인공 같다?]

[소소한 일에 일일이 신경 쓰지 마.]

마을 사람들은 매일매일 자신들이 생산한 농산품 중 가장
좋은 것을 성에 바칠 의무를 지고 있다.

무혁과 약속한 당일, 세바스찬은 새벽 일찍 캔달과 함께 마

을회관으로 향했다.

회관 앞 공터에서는 주민들이 신선한 우유와 치즈, 고기, 달걀 등을 담은 바구니를 마차에 싣고 있었다.

자신의 몫으로 꿀단지를 마차에 싣고 난 캔달이 세바스찬에게 물었다.

"꼭 가봐야겠어?"

"성이라니… 궁금하잖아요."

"높으신 양반들 사는 걸 봐봐야 속만 상하지."

"부탁합니다."

"쩝, 알았네."

캔달은 내키지 않는 얼굴로 또 하나의 꿀단지를 들고 촌장에게 다가갔다.

"촌장 나리, 밤새 평안하셨습니까?"

"아~ 캔달, 자네도 잘 잤나?"

"염려 덕분에 잘 보냈습니다. 그리고 이거……."

"이게 뭔가?"

알면서 모른 척하기.

많이 받아본 솜씨다.

"어제 일도 있고, 또 부탁드릴 일도 있어서 장미 꿀로 준비해 봤습니다."

장미 꿀이란 말에 촌장의 얼굴이 환해졌다.

꿀단지를 신주 단지처럼 조심스럽게 받아 든 촌장이 물었다.

"호~ 오, 장미 꿀. 거참, 이렇게까지 하지 않아도 되는데. 그래, 부탁이 뭔가?"

"다름이 아니라 촌장님의 은혜로 마을에 살게 된 세바스찬 있잖습니까?"

"기억나네."

"꼭 성 구경을 하고 싶다지 뭡니까. 그래서 오늘 마차 편에 딸려 보냈으면 해서요."

"허허허, 난 또 뭐라고……. 그렇게 하게. 힘깨나 쓰게 생겼던데 아무래도 도움이 되지 않겠는가."

"감사합니다, 촌장 어르신."

이렇게 캔달의 아부로 세바스찬은 성으로 가는 마차의 뒤를 따를 수 있었다.

제56장

마나 돼지

Sanctum

성은 백조의 성이라 불리는 내성과 흑조의 성이라고 불리는 외성 두 부분으로 나뉘어 있었다.

백조의 성은 공사가 끝나 외부 조경이 진행 중이었고 흑조의 성은 외성 벽을 쌓는 공사와 더불어 수백 채의 저택과 건물들이 일정한 구획을 나누어 건설되고 있었다.

마차를 몰고 있던 마을 사람이 혼잣말처럼 말했다.

"젠장, 누구는 저런 저택에 살고 누구는 거지 같은 움막에 살고……"

그는 말을 뱉어놓고 스스로 소스라치게 놀라 세바스찬의 눈치를 보았다.

"아니… 내 말은 그런 것이 아니라."

"괜찮습니다. 저도 같은 생각인걸요."

"그… 그래? 다행이야. 알다시피 요즘은 말 한마디 잘못하면 끌려가는 세상 아닌가."

"라칭거 님은 왜 이런 세상을 만들었을까요?"

"나도 모르지. 하지만 한 가지는 확실해."

"뭐가 말입니까?"

"최소한 몬스터들에게서 우릴 지켜주잖아. 살아 있다, 그러면 된 거 아닌가? 게다가 저들 같은 대우를 받는 것보다야 100배 낫고 말이지."

마을 사람은 새벽부터 공사장에서 돌을 나르고 있는 죄수들을 가리켰다.

"……."

조금 전까지 불만을 토로하던 사람의 말이라고는 믿기 어려운 생각이다.

"늦었어, 서두르자고."

"네."

백조의 성 뒷마당에 모인 마차는 50여 대에 달했다.

밀가루, 과일, 생선, 고기, 채소 등 각 마차에 실린 공물도 다양했다.

모여든 사람들이 공물을 하차하고 성에서 나온 하인에게 검수를 받기 시작했다.

백조의 성 성벽 위에 은빛 갑옷을 입은 드래곤 라이더들의 모습이 보였다.

'경비병이라…….'

세바스찬은 마차로 몸을 가리고 무혁을 호출했다.

[준비 완료!]

[알았어. 시작하자.]

무혁의 대답이 있고 잠시 후!

쾅!

꽈쾅!

반쯤 축조된 흑조의 성벽이 대폭발을 일으키며 무너져 내렸다.

"뭐, 뭐야?"

"뭔가 터진 것 같은데?"

드래곤 라이더들이 폭발 현장을 향해 번개같이 몸을 날렸다.

그리고 동시에 세바스찬의 신형도 모습을 감췄다.

*   *   *

꼭두새벽부터 공사 현장으로 끌려 나온 무혁의 얼굴은 어느 때보다도 활기차 보였다.

그동안 준비한 계획의 디데이가 바로 오늘이다.

계획대로라면 오늘 점심은 여태까지 먹었던 돼지도 안 먹을 쓰레기 대신 그럴싸한 음식으로 먹을 수 있다.

무혁이 건네준 힐링 포션으로 상처를 치유해 팔팔해진 감병호 소장이 바지를 추어올리며 말했다.

"이것으로 될까? 불알이 3갠데 가운데 불알이 너무 무거워."

"중요한 물건입니다. 무거워도 참으세요."

"크크크, 말이 그렇다는 거지. 포로가 된 이후 처음으로 마음이 설레는 중일세. 다 죽었어."

두 사람 옆에 서 있던 경비가 몽둥이를 휘둘렀다.

"시끄러워. 조용히 안 해!"

퍽!

몽둥이가 무혁의 등을 강타했다.

"큭!"

마나로 보호해 아프지는 않았지만 아픔보다 더 큰 치욕이 무혁의 자존심을 밟아 뭉갰다.

'비밀이고 뭐고!'

무혁은 주먹을 불끈 쥐었다.

감병호 소장이 그런 무혁의 손목을 잡았다.

참으라는 이야기다.

'젠장!'

하마터면 스스로 했던 말을 뒤집어엎을 뻔했다.

'참자. 참자.'

무혁은 스스로를 그렇게 달랬다.

작업이 시작되자 원정대원들은 경비들의 눈치를 보며 반쯤 쌓아 올린 흑조의 성 성벽 아래로 한 명씩 이동했다.

성벽 아래에는 무혁이 분노를 담아 삽질해 둔 구덩이가 있었다.

원정대원들은 3번째 불알, 즉 수류탄을 구덩이에 던져 넣었다.

삽시간에 구덩이에 4~50개의 수류탄이 거북이 알처럼 쌓였다.

준비가 끝나자 기다렸다는 듯 세바스찬으로부터 신호가 날아왔다.

[준비 완료!]

세바스찬에게 작전 시작 신호를 보낸 무혁은 시한장치가 붙은 C4를 구덩이에 던져 놓고 몸을 피했다.

꽝!

꽈릉!

엄청난 폭발음과 함께 성벽이 무너져 내렸다.

"뭐야!"

"무슨 일이야?"

현장으로 몰려든 간수와 드래곤 라이더들이 땅에 머리를

박고 숨어 있는 수용자들을 현장에서 밀어냈다.

"뒤로 물러나!"

"뒤로 물러나라고!"

멀찌감치 물러난 무혁은 사악한 미소를 지었다.

'이건 시작일 뿐이야.'

무혁의 말대로였다.

이번 폭발은 시작에 불과했다.

*　　　*　　　*

같은 시간 세바스찬은 경비경의 눈을 피해 성안으로 잠입해 있었다.

하인 한 명을 때려눕히고 옷을 벗겨 갈아입은 세바스찬은 백조의 성 중앙 광장으로 향했다.

바닥 타일까지 대리석으로 치장된 중앙 광장에는 사방 100m, 높이 50m 정도의 석조 건물이 자리 잡고 있었다.

캔달에게 들은 이야기로는 이 건물이 바로 와이번의 우리이자 드래곤 라이더들의 본부였다.

폭발 소리를 들은 드래곤 라이더들이 급히 와이번을 타고 창공으로 날아오르는 모습이 보였다.

끼우우욱!

끼루루룩!

거대한 날개를 펴고 날아오르는 수백 마리의 와이번.

그 등에 탄 은빛의 기사.

단순하게 보면 환호성이 나올 만큼 멋들어진 모습이었다.

그러나 세바스찬은 한껏 인상을 찌푸렸다.

'힘을 가진 자는 그 힘에 걸맞은 명예가 있어야 하는 법. 너희는 그저 생 양아치에 불과해.'

와이번의 우리가 있는 건물 옥상의 중앙에는 거대한 첨탑이 솟아 있었다.

세바스찬은 그 첨탑의 꼭대기에서 막대한 마나의 유동을 감지했다.

'엄청난 양의 마나가 집중되고 있어.'

정상적인 마나의 유동이라고 보기에는 모이는 마나의 양이 너무 많았다.

목표가 분명했다.

스윽~!

세바스찬이 신형이 건물의 그림자 속으로 사라졌다.

건물 곳곳에 남아 있는 몇몇 드래곤 라이더의 기척이 느껴졌다.

세바스찬은 그들의 기척을 무시했다.

튜브를 사용하지 않을 때의 드래곤 라이더들은 마나 한 방울 느껴지지 않는 가짜일 뿐이었다.

도멜의 검은 가짜의 피를 묻히기에는 너무나 고귀했다.

'가짜는 가짜에게 걸맞은 최후가 있는 법이지.'

유령처럼 계단을 올라간 세바스찬은 첨탑 꼭대기의 바로 아래층에 도착했다.

교실 서너 개 정도의 방에 각종 기계가 가득 차 있었다.

방의 중앙에 지름이 3m 정도 되는 은빛 금속으로 만든 구체가 보였다.

그리고 그 구체를 중심으로 마치 제트엔진의 팬을 수백 개 겹쳐 놓은 듯한 원통형의 장치들이 빼곡히 배치되어 있었다.

바로 이 원통형의 장치들이 주변의 마나를 빨아들이는 원인이었다.

"큭!"

세바스찬은 자신도 모르게 신음을 내뱉었다.

온몸의 마나가 기계로 빨려 나가려 했다.

'젠장!'

세바스찬은 다급하게 마나를 수습했다.

은빛 구체에서 빠져나온 관이 벽 한편에 어지럽게 설치된 도관에 연결되어 있었다.

도관에 달린 밸브와 밸브에 연결된 '튜브'들이 보였다.

세바스찬은 반지로 무혁을 호출했다.

[목표 확인!]

[수고했어. 계획대로 진행해.]

[알았어. 연락할게.]

세바스찬은 품에서 작고 검은 사각 상자를 꺼내 은빛 구체 아래 던져 넣었다.

이제 세바스찬의 마지막 임무가 남았다.

세바스찬은 첨탑을 빠져나가지 않고 한 층을 더 올라갔다.

첨탑의 최상층이다.

계단을 올라가자 화려하게 장식된 문이 보였다.

문 저편에서 엄청난 마나를 가진 인간의 기운이 느껴졌다.

'강해! 엄청나게 강해. 하지만……'

마나의 양과 실력은 반드시 비례하지는 않는다.

문 안의 인간이 조종하는 마나가 세바스찬의 몸을 훑듯이 휘감았다.

'날 보고 있어.'

도망가고 싶지 않았다.

그것은 투쟁의 역사로 점철된 도멜 가문의 피가 용납하지 않았다.

세바스찬은 문을 열고 방으로 들어갔다.

골동품들, 세심하게 조각된 참나무로 널을 댄 벽.

그 벽에 걸려 있는 은제 거울.

방 한편에 놓인 아름다운 조각들.

그리고 천장을 장식하고 있는 화려한 그림과 그림을 돋보이게 만드는 금장식들.

일종의 퇴폐함마저 느껴지는 호화로운 고딕풍의 방이다.

마호가니 나무로 만들어진 책상에서 식사를 하고 있던 노인이 세바스찬에게 물었다.

"넌 누구냐?"

한껏 여유로운 표정이다.

세바스찬은 대꾸했다.

"그러는 넌 누구냐?"

노인이 빙긋 미소를 지었다.

"난 라칭거라고 하네. 예전에는 교황 나부랭이로 불렸었지."

"세바스찬 폰 도멜 남작이다."

"생팀에서 왔다는 바로 그 기사로군. 이야기는 많이 들었네. 그런데 식사 시간에 예고도 없이 쳐들어오다니 남작치고는 예의가 없지 않은가. 자네 가문의 전통인가?"

"우리 가문의 전통은 말 많은 늙은이의 주둥아리를 박살내는 거지. 이렇게 말이야."

세바스찬은 벽에 걸려 있던 장식용 검을 집어 들었다.

조금 가벼웠지만 세바스찬 정도 되는 실력자에게는 아무 문제도 되지 않았다.

라칭거는 조금도 동요하지 않은 채 식사를 계속했다.

"언젠간 만나리라 생각했지만 예상보다 빨랐군."

"말이 많다."

부우웅!

검이 세바스찬 특유의 붉은 오러로 물들었다.

라칭거는 세바스찬을 무시한 채 포크를 내려놓고 창문으로 다가갔다.

그는 밖을 내다보며 말했다.

"아름답지 않은가?"

"무슨 개소리냐."

"자네의 고향처럼 아름답지 않냐는 말이다. 질서와 조화, 생명의 중요성, 능력을 가진 자가 더 많은 책임을 진다. 모두 너의 고향에서 배워 온 방식이다."

"개똥 같은 이야기. 생텀에서는 인간의 피부색으로 차별하지는 않는다."

"과거에도 그랬을까? 지금 생텀에 유색인종이 얼마나 남아 있지?"

"그… 그건……."

라칭거의 말대로 생텀에는 유색인종이 거의 존재하지 않았다.

존재하지 않는 것을 차별할 수는 없다.

물론 유색인종이 모두 멸종한 것은 아니다.

그들 대부분은 외딴 섬이나 정글 등의 오지에 모여 살기 때문에 교류가 없을 뿐이다.

말문이 막힌 세바스찬은 검을 휘둘렀다.

스팡!

오러가 두터운 마호가니로 만들어진 책상을 두 조각 냈다.

쩍!

쿠쿠쿵!

라칭거가 뒤로 돌아섰다. 그는 여전히 웃고 있었다.

"힘을 가지고 나서 진실로 그 힘을 사용해 본 적이 없다."

"……."

부우우웅!

방 안의 공기가 격렬하게 진동했다.

"그러나 오늘은 다르지."

"……."

동시에 라칭거의 모습이 변화하기 시작했다.

그그그그그.

부우욱!

화려한 예복이 갈기갈기 찢어졌다.

우두두둑!

80이 훌쩍 넘은 노쇠한 노인의 몸이 오거의 그것처럼 부풀어 올랐다.

"……."

변신이 끝났다.

팬티만 걸친 반라의 거한 모습으로 변한 라칭거가 모습을 드러냈다.

라칭거가 말했다.

"난 항상 헐크의 팬티가 왜 찢어지지 않는지 궁금했었다네."

"……."

"내가 강해지고 나서야 그 질문에 대한 답을 알아냈지. 바로 스판이었어."

세바스찬은 진지하게 물었다.

"헐크가 뭐냐?"

"……."

평온했던 라칭거의 표정이 악귀처럼 변했다.

"나와 장난을 하자는 거냐?"

세바스찬은 한마디도 지지 않았다.

무혁을 상대로 갈고닦은 어죽거리기 신공이 만렙으로 발휘되었다.

"알다시피 난 생텀인이다. 나이 먹더니 기억마저 흐릿해진 거냐?"

"이… 익."

"그런데 너 부모님이 주신 몸에 무슨 짓을 한 거냐? 약의 오남용은 부작용을 불러온다고."

"과학과 마법의 정수에 부작용 따위는 없다."

"너 바보구나? 받았으면 그만큼 주어야 하는 법. 바로 세상의 인과율이지……."

"인과율을 초월한 자, 바로 나다."

"크크크, 스스로 신이라도 된 것 같은 말투네."

라칭거가 손을 들었다.

막대한 마나가 그의 손에 모여들었다.

<u>스스스스.</u>

모여든 마나가 뭉치더니 검의 형태로 변했다.

내색은하지 않았지만 세바스찬은 경악하고 말았다.

마나를 가공하여 오러로 만드는 것이 아니라 마나 그 자체
를 뭉쳐 유형화시킨다는 말은 들어본 적이 없었다.

'무슨 마나가……. 마치 대륙 마탑의 괴물들을 보는 것 같
아.'

대륙 마탑을 관장하는 7인의 대마법사는 단신으로 성 하나
를 박살 낼 수 있는 힘을 가지고 있다고 전한다.

라칭거는 세바스찬이 본 인간 중 가장 강한 인간이었다.

'어쩌면 푸타나 이상이야.'

검을 잡은 손에 땀이 배이기 시작했다.

동시에 기분 좋은 긴장감이 온몸을 휘감고 돌았다.

'얼마 만에 느끼는 기분인가.'

절로 미소가 지어졌다.

생각해 보면 지구에 온 후 너무 나태하게 생활했다.

세바스찬의 본질은 맹수다. 그것도 절대로 배고픔과 타협

하지 않는 한 마리 늑대다.

잊고 있었던 야생성이 살아났다.

온몸의 감각이 공기 분자 하나하나를 느끼며 비명을 지르기 시작했다.

"좋아!"

오러가 한껏 불타올랐다.

"간다."

세바스찬은 라칭거를 향해 달려들었다.

오러와 마나검이 충돌했다.

쫘쾅!

폭발이 있었고 그 폭발의 여파로 벽 한쪽이 터져 나갔다.

"크으윽!"

세바스찬은 피를 한 움큼 토해냈다.

라칭거는 역시 강했다.

마나를 다루는 정교한 기술은 없었지만 무한대에 가까운 절대량이 그 단점을 커버했다.

'하지만! 마나 폭식 돼지일 뿐이야'

세바스찬은 다시 검을 휘둘렀다.

스팡!

검이 사라졌다.

세바스찬의 신형도 흐릿하게 사라졌다.

힘보다 속도를 택한 것이다.

"뭐냐?"

여유로운 표정으로 세바스찬을 오시하던 라칭거가 뒤로 물러났다.

그러나 피하기에는 이미 늦었다.

붉은빛이 라칭거의 몸을 화려하게 감쌌고 동시에 라칭거의 몸에 수백 개의 실금이 그려졌다.

팟!

파팟!

실금에서 피가 분수처럼 쏟아져 나와 피 안개를 만들었다.

삽시간에 혈인으로 변한 라칭거가 분노했다.

"이 개미만도 못한 미물이!"

부우우웅!

마나가 요동쳤다.

라칭거의 마나검이 사라지고 대신 거대한 마나구가 생성되었다.

"죽어 너의 경솔함을 사죄하라!"

악당다운 대사를 늘어놓은 라칭거가 마나구를 세바스찬에게 던졌다.

피할 방법도 시간도 없는 극강의 빠름이었다.

'젠장!'

세바스찬은 검면으로 마나검을 막아갔다.

펑!

이 순간, 세바스찬이 라칭거의 공격을 막을 수 있었던 이유는 그동안 수없이 많이 경험했던 생사의 순간의 기억이 선사해 준 기적이었다.

그렇다고 해도 충격을 모두 피할 수는 없었다.

"크윽!"

세바스찬의 신형이 벽을 뚫고 첨탑 바깥으로 돌멩이처럼 튕겨 나갔다.

"크크크크. 가소로운 것."

라칭거가 광소를 터뜨리며 첨탑 바깥으로 허공을 밟고 걸어 나왔다.

100m 높이의 첨탑 꼭대기에서 아래로 떨어져 내리며 세바스찬이 소리쳤다.

[형! 지금이야.]

[알았어.]

지면이 가까워 오고 있었다.

세바스찬은 다급하게 온몸을 마나로 보호했다.

'크윽!'

두부에 던져진 돌멩이처럼 세바스찬의 몸이 중앙 광장 하얀 대리석 바닥에 격돌했다.

꽝!

하얀 대리석이 산산조각 나 비산했다.

도저히 돌과 인간의 충돌이라고는 믿기지 않는 장면이었다.

"크으윽!"

세바스찬은 온몸의 뼈가 모두 부러진 것 같았다.

실제로 갈비뼈 몇 개와 왼쪽 다리와 오른쪽 손은 부러져 덜렁거리고 있었다.

허공을 밟으며 광장으로 내려선 라칭거는 승리를 만끽했다.

강해지기 위해 100여 가지가 넘는 마법과 과학을 동원한 개조를 받았다.

그러나 정작 가진 힘을 모두 써본 경험은 없었다.

한낱 인간은 손가락만 까닥해도 죽어 넘어지니 쓸 필요가 없었다는 표현이 옳았다.

"크크크크크."

지금은 아니다.

세바스찬은 생텀에서도 손꼽히는 실력자라고 들었다.

잠시 방심해 피를 보긴 했지만 그다지 큰 피해 없이 그런 세바스찬을 굴복시켰다.

"라칭거 님!"

"라칭거 님!"

"괜찮으십니까? 라칭거 님!"

폭발 소리에 와이번을 타고 나갔던 드래곤 라이더들이 첨탑에서 벌어진 소동 소리를 듣고 돌아왔다.

"크크크크."

한결 기분이 더 좋아졌다.

생텀의 실력자를 발아래 깔고 머리 위 하늘에는 수백 마리의 와이번을 탄 드래곤 라이더들이 배경처럼 떠 있다.

강함이란 이런 것이다.

"크크크크크."

보통이라면 단숨에 죽음을 선사하겠지만 이 기분을 오래도록 지속시키는 것도 한 방법이다.

잡아 희롱하며 즐기는 편이 더욱 좋다 싶었다.

'메루의 다른 신들에게 자랑도 할 겸 말이지. 크크크크.'

생각할수록 웃음이 멈추지 않았다.

"……."

그런데 갑자기 묘한 위화감이 들었다.

위화감의 정체는 세바스찬의 얼굴이었다.

세바스찬이 대리석 바닥에 처박힌 채로 웃고 있었다.

"왜 고통스러워하지 않는 것이냐. 고통에 미쳐 버린 것이냐?"

세바스찬은 대꾸했다.

"내 마음이야."

"……."

라칭거는 말문이 막히고 말았다.

하룻강아지도 이 정도로 무모하지는 않을 것이란 생각이 들었다.

그러거나 말거나 세바스찬이 천천히 말을 이어나갔다.

"넌, 평생을 검과 살아온 전사의 명예를 건드렸어. 전사의 명예는 그 무엇과도 바꿀 수 없는 고귀한 것이야. 때문에 아리스 여신님은 제1계율로 전사의 명예를 더럽히는 자를 절대로 용서하지 않으신다고 선언하셨지."

"끌끌끌끌, 고작 여신 나부랭이의 가호를 믿고 있었던 것이냐? 가소롭고 또 가소롭도다. 지구의 신은 아리스가 아니라 바로 나 라칭거. 내가 바로 신인 것이다."

"완전히 미쳤군. 인간은 신이 될 수 없어."

"전지전능이 신의 속성이라면 내가 바로 신이다. 난 스스로 전지전능하다."

세바스찬은 투덜거렸다.

'젠장, 왜 안 오는 거야.'

시간이 더 필요했다.

세바스찬은 위험을 무릅쓰고 도발을 계속했다.

"전지전능하다? 내가 오는 것도 몰랐으면서? 무슨 신이 그래?"

도발은 100퍼센트 먹혔다.

라칭거가 다가와 세바스찬의 하나 남은 성한 다리를 지그시 밟았다.

뿌드드득!

다리가 기묘한 방향으로 꺾이며 부러졌다.

"끄으으으."

세바스찬은 이를 악물고 고통을 참아냈다.

"질긴 놈. 하지만 이제 시작일 뿐이다."

"크크크크."

세바스찬은 웃음을 터뜨렸다.

기다리고 기다리던 순간이었다.

'늦었다고…….'

라칭거의 등 너머 하늘에 하얀 막대기가 나타났다.

하얀 막대기는 아름다운 선을 그리며 더 높은 하늘로 도약했다가 다이빙하듯 첨탑에 내려꽂혔다.

쾅!

퐈르릉!

첨탑이 수수깡처럼 무너져 내렸다.

또 하나의 하얀 막대기가 같은 과정을 거쳐 무너져 내리는 첨탑에 종지부를 찍었다.

쾅!

퐈쾅!

대경실색한 라칭거가 첨탑을 바라보았다.

"무슨 일이냐?"

두 개의 하얀 막대기는 시작에 불과했다.

뒤이어 10여 개의 하얀 막대기가 무너져 내리는 첨탑 상공에서 폭죽처럼 터졌다.

펑!

퍼펑!

펑!

퍼퍼펑!

아름다운 하얀 연기.

그리고 그 연기가 쏟아내는 수천 개의 푸른 꽃.

푸른 꽃의 정체는 작은 낙하산이었다.

낙하산은 하나같이 검은 쇠뭉치를 매달고 있었다.

라칭거는 낙하산의 정체를 알아차리지 못했다.

그러나 그것이 위험한 물건이란 사실까지 모르지는 않았다.

라칭거는 여전히 허공에 떠 있는 드래곤 라이더들에게 소리쳤다.

"피… 피해라!"

드래곤 라이더들이 분주히 와이번을 조종하기 시작했다.

끼루루룩!

끼루룩!

꾸에에엑!

꾸엑!

하늘에서 일대 혼란이 벌어졌다.

'지금이야.'

라칭거가 허공에 정신이 팔린 지금이 기회였다.

세바스찬은 품에서 힐링 포션을 꺼내 마셨다.

"크으윽!"

완벽하지는 않아도 부러진 뼈들이 빠르게 제자리를 잡아 갔다.

어느 정도 다리가 편해지자 세바스찬은 지면을 차고 스치 듯 뒤로 물러났다.

세바스찬은 무혁이 입이 닳도록 한 경고를 기억해 냈다.

─실드 따위로는 막을 수 없어.

잠시 후 쏟아져 내릴 죽음의 비를 피하려면 지붕이 필요했 다.

그것도 아주 단단하고 두터운 돌 지붕이 말이다.

세바스찬이 장치한 위치추적기가 발생한 전파는 로스앤젤 레스 상공에서 대기하고 있던 링스 헬기의 중계를 받아 해상 에서 대기하고 있던 세종대왕 함에 도달했다.

목표의 정확한 위치를 획득한 세종대왕 함은 즉각 해성(海 星)─2 순항미사일을 발사했다.

선두의 해성—2 순항미사일 2기가 먼저 로스앤젤레스 시가지를 지나 목표 지점인 첨탑 상공에 도착했다.

대한민국 군함에서 발사한 미사일이 미국 영토를 침범했지만 문제될 것은 없었다.

이미 미국이란 나라는 지구상에 존재하지 않았다.

제57장

합동 작전

Sanctum

선두의 해성—2 순항미사일이 전파 발신원을 향해 내려꽂혔다.

400kg에 달하는 고폭탄이 석조 첨탑의 상층부에서 폭발했다.

화려한 폭죽을 뒤로하고 두 번째 미사일이 첨탑 하단에 명중했다.

미사일은 두터운 석축을 뚫고 들어간 후 폭발했다.

운 나쁘게도 혹은 운 좋게도 폭발 장소는 첨탑의 중량이 집중되는 기저부였다.

합계 800kg의 고폭탄의 합작이 인간이 쌓아 올린 높이

50m의 석조 첨탑을 단숨에 무너뜨렸다.

미사일은 2발이 끝이 아니었다.

곧이어 10발의 미사일이 쇄도했다.

이번 미사일은 고폭탄 대신 5kg의 자탄을 80여 개씩 탑재하고 있었다.

미사일의 외피가 벗겨지고 자탄이 사출되었다.

자탄은 작은 낙하산을 펼쳐 속도를 낮췄고 센서로 먹잇감을 감지했다.

먹잇감은 바로 허공에 떠 있는 와이번이었다.

꽝!

준비를 마친 자탄이 기폭했다.

캐니스터 안에 내장되어 있던 탄두가 초속 수백 미터의 속도로 와이번을 향해 쏘아졌다.

이 자탄은 자기단조탄두(SFF:Self Forming Fragment)라고 부르는 놈이었다.

원래의 모습은 단순한 원반형 금속일 뿐이었지만 폭발이 만들어낸 고열과 고압이 이 원반을 뾰쪽한 원추형 형태로 변화시켰다.

퍼퍼퍼펑!

퍼퍼펑!

퍼퍼퍼퍼펑!

자기단조탄두가 만들어낸 800발의 죽음의 비가 와이번과 드래곤 라이더들을 덮쳤다.

꾸에에엑!

꾸에엑!

꾸에에에엑!

현존하는 모든 전차의 상부 장갑을 가뿐히 파괴하는 자기단조탄두들은 단 한 발로 두세 마리의 와이번을 관통하는 위력을 보여주었다.

온몸에 구멍이 난 와이번이 비명을 지르며 끈 떨어진 연처럼 펄럭이며 지상으로 추락했다.

꾸에엑!

꾸엑!

폭발의 여운이 사라졌다.

지상에는 죽은 혹은 죽어가는 와이번과 드래곤 라이더들의 신음 소리만 가득했다.

단 10발의 해성-2 미사일이 라칭거가 가진 와이번 전력의 90퍼센트 이상을 한순간에 몰살시킨 것이다.

폭발 순간, 라칭거는 막대한 마나를 압축해 수십 겹을 몸에 둘렀다.

실드는 아니지만 실드와 비슷한 작용을 하는 마나 벽이었다.

자기단조탄두의 가공할 만한 위력도 이 마나의 장벽을 모두 뚫어내지는 못했다.

꽈꽈꽝!

그렇다고 모든 충격을 막은 것은 아니었다.

자기단조탄두는 마나의 장벽 절반을 관통하는 위력을 보여주었다.

"크으윽!

라칭거는 진탕하는 내장을 억지로 다스렸다.

"죽일 것이다. 절대로 죽일 것이다."

자신의 모든 것인 드래곤 라이더들이 전멸했다.

죽음으로 대가를 치러야 한다.

그런데 세바스찬이 보이지 않았다.

분노한 라칭거는 마나구를 생성해 마구잡이로 난사하기 시작했다.

퍼펑!

펑!

꽈릉!

꽈르릉!

캘리포니아 전역에서 가져온 예술품으로 장식된 백조의 성이 적이 아닌 라칭거 자신의 손에 무너져 내렸다.

"죽일 것이다."

라칭거는 울부짖었다.

그그그그.

울부짖음에 반응이라도 하는 것처럼 라칭거의 몸이 다시 한 번 변하기 시작했다.

그그그그.

숨어서 그 모습을 보고 있던 세바스찬은 기겁을 했다.

'뭐냐? 저 괴물은!'

라칭거가 오거보다 네 배는 큰, 신장 40m짜리 거인으로 변해 버렸기 때문이었다.

*   *   *

드래곤 라이더라고 해서 모두 와이번을 탈 수 있는 것은 아니다.

와이번의 숫자는 한정되어 있었고 라칭거는 드래곤 라이더들의 실력을 기준으로 와이번을 배정했다.

나머지 드래곤 라이더들에게 주어진 탈것은 말이었다.

당연한 이야기지만 와이번을 타는 드래곤 라이더와 말을 타는 드래곤 라이더 사이에는 엄격한 서열이 생겨났다.

와이번을 타는 드래곤 라이더들에게는 유유자적 활강하며 성 주변을 정찰하거나 라칭거를 호위하는 임무가 주어졌고 말을 타는 드래곤 라이더들에게는 공사장 감독 일이나 공물의 검수같이 하찮은 일이 주어졌다.

토마스도 말을 타는 드래곤 라이더 중 한 명이었다.

토마스는 벌 떼같이 몰려오는 와이번들을 보며 혀를 찼다.

"호들갑이 심해."

흑조의 성벽이 무너져 내렸다.

무슨 상관인가?

저 하등하고 열등한 족속에게 다시 쌓아 올리게 하면 그만 아닌가.

와이번에 올라타 멋진 은빛 갑옷을 반짝이며 공사장 상공을 돌고 있는 드래곤 라이더들이 죽도록 미웠다.

토마스는 27살에 신부로 서품받은 후 수많은 신자를 만났다.

신자들은 하나같이 자신이 저지른 잘못을 하느님이 용서해 주기를 원했다.

처음부터 용서를 빌 일을 하지 않으면 그만 아닌가.

신자들의 나태를 정말로 이해하기 힘들었다.

그러나 속내를 드러낼 수는 없었다.

토마스는 신부였기 때문이다.

─당신을 용서합니다.

─진심을 다한 회계는 당신을 평안케 할 것입니다.

─신은 모든 것을 용서하셨습니다.

─신은 자애로우십니다.

신부로서 토마스는 신자들에게 던져야 하는 끝없는 위선에 환멸을 느꼈다.

토마스는 밤마다 사제복을 벗어 던지고 거리로 나갔다.

거리에는 여자가 있었다.

여자의 존재는 축복이었다.

토마스는 여자를 탐닉했다.

음식을 폭식했다.

기부금을 빼돌렸고 그 돈으로 사치품을 사들였다.

일곱 가지 대죄를 빠짐없이 저지른 것이다.

그런데도 신의 징벌은 없었다.

신부라는 직위는 오히려 죄악을 저지르는 데 도움이 될 뿐이었다.

그러던 어느 날 토마스는 베네딕토 16세의 부름을 받았다.

베네딕토 16세는 검은 알약을 넘겨주었다.

그러면서 지금보다 더한 권력과 환락이 뒤따를 것이라 약속했다.

검은 알약을 먹고 동양인과 서양인 남녀로 구성된 집단의 선택을 받았다.

선택은 옳았다.

"토마스 기사님, 이거 드세요."

반쯤 벌거벗은 아름다운 여성이 잘 익은 무화과를 입에 넣어주었다.

"치워라."

"네."

여성이 몸을 잔뜩 움츠렸다.

그 모습을 보자 살짝 기분이 좋아졌다.

이 여성은 몇 년 전까지만 해도 할리우드에서 잘나가는 스타였다.

영화에서, 텔레비전에서 이 여성을 볼 때마다 아랫도리에 힘이 들어가곤 했다.

그런 여성이 자신의 말 한마디에 공포에 떨고 있다.

벗으라고 굳이 말하지 않아도 눈짓만 해도 침대에 누워 다리를 벌린다.

권력의 힘이 가져다준 환락이다.

'그래도 부족해!'

저 하늘에 와이번을 타고 거들먹거리는 드래곤 라이더들이 있는 이상 권력은 충분하지 않았다.

꽈~ 광!

백조의 성 중앙 첨탑 최상층이 폭파되면서 검은 무언가가 연기를 뚫고 튕겨져 나왔다.

'라칭거 님.'

그 뒤를 따라 백색 휘광에 휩싸인 라칭거가 허공을 걸어 나왔다.

멋지다.

'대답도 없는 신보다 얼마나 더 진짜 신 같은가.'

공사장 상공을 돌던 와이번들이 첨탑으로 몰려갔다.

다시 기분이 나빠졌다.

토마스는 여성에게 소리쳤다.

"술을 가져와."

"네, 토마스 기사님."

시원한 맥주 한 잔이 그리웠지만 라칭거의 규칙에 냉장고
는 없었다.

토마스가 미지근한 와인으로 목을 축이려는 순간.

꽝!

꽈꽝!

첨탑이 무너져 내렸다.

그리고 다시 연속된 폭발음이 들렸다.

꽈과과과과광!

꽈과광!

푸른 꽃이 하늘에서 내렸고 다시 한 번 콩 볶는 듯한 폭음
이 이어졌다.

퍼퍼퍼퍼퍼펑!

퍼퍼펑!

퍼퍼퍼퍼펑!

와이번들이 서리 맞은 낙엽처럼 하늘에서 떨어져 내렸다.

기분이 정말로 좋아졌다.

와이번과 드래곤 라이더가 사라졌으니 이제 자신이 그들의 자리를 대신할 차례다.

"적의 공격이다!"

토마스는 검을 집어 들며 소리쳤다.

"응, 맞아!"

등 뒤에서 목소리가 들렸다.

고개를 돌려보니 동양인 남자가 웃고 있었다.

낯이 익었다.

"너… 넌? 그때 그 동양인?"

검은 알약을 먹은 자신을 선택했던 바로 그 동양인이다.

"맞아. 안녕이라고 인사하고 싶지만 오늘은 그럴 기분이 아냐."

토마스는 얼른 검을 뽑아 들었다.

무혁은 이죽거리듯 말했다.

"목에 건 개목걸이도 작동시켜야지."

"……."

'어떻게 그 사실을 알고 있지?' 라는 의문보다 먼저 토마스는 왼손에 감긴 튜브를 어루만졌다.

스스스스스.

마나가 온몸의 혈관으로 퍼져 나가는 익숙한 느낌이 토마스에게 자신감을 부여했다.

"감히, 비루한 노란 원숭이 따위가!"

토마스의 검에 스칸다의 상징이라고 할 수 있는 푸른색 오러가 피어올랐다.

"너의 신이 그렇게 가르쳤어?"

무혁은 바스타드 소드를 무성의하게 휘둘렀다.

서걱!

옅은 백광으로 물든 바스타드 소드가 토마스의 검과 몸을 동시에 절단했다.

투툭!

쨍그랑.

토마스의 상체와 검 반 조각이 땅에 떨어져 내렸다.

기다렸다는 듯 여성이 비명을 질렀다.

"꺄아아악!"

무혁은 어디서 많이 본 듯한 여성의 비명을 무시했다.

이제 반격의 시간이고 무혁은 그 시간을 충분히 즐길 생각이었다.

"다 죽었어."

무혁은 날 듯 움직이며 드래곤 라이더들을 도륙했다.

처음부터 하늘에서의 공격만 아니라면, 튜브를 사용한 드래곤 라이더도, 사용하지 못한 드래곤 라이더도 무혁의 상대가 되지 못했다.

'그래서 와이번을 잡기 위해 이렇게 멋진 작전을 생각해 낸 거라구.'

기분 좋게 작전은 성공했다.

'그런데 세바스찬은 왜 연락이 없는 거지?'

백조의 성에서는 아직도 폭발음이 이어지고 있었다.

꽝!

꽈꽝!

살짝 불안해진 무혁은 세바스찬을 호출했다.

[뭐해? 여긴 전부 처리했어.]

[말도 마. 라칭거 이 자식 빡 돌아서…… 성을 박살 내고 있어.]

[못 잡은 거야?]

[잡고 싶어도 잡을 수가 없어. 완전히 마나 돼지야.]

[마나 돼지라니?]

[보면 알아.]

"……"

무혁은 부하들을 지휘해 경비병들을 때려잡고 있는 감병호 소장을 찾았다.

드래곤 라이더가 없는 이상 경비병들은 단련된 해병대원의 적수가 되지 못했다.

"네가 날 때렸지? 너도 맞아봐라."

"내 밥을 발로 밟은 게 너지. 너도 밟혀봐야 해."

"울 엄마도 머리는 안 때렸어. 네가 뭔데 내 머리를 때려?"

"더 말하지 않을게. 일단 맞자."

해병대원들은 쌓였던 울분을 마음껏 풀어버렸다.

무혁은 감병호 소장에게 당부했다.

"너무 심하게 하지 마시구요. 어차피 이곳에서 포로였던 사람들과 어울려 계속 살아야 할 사람들입니다."

"그래도 자신이 지은 죄에 대한 대가는 치러야지. 과거를 단죄하지 않고 미래로 나갈 수 없다는 사실은 우리나라의 경우만 봐도 자명하잖은가."

단 한 단어도 반박할 수 없는 멋진 말이다.

"소장님이 알아서 하십시오. 그럼 뒤처리를 부탁드립니다."

"걱정 말게."

무혁은 백조의 성으로 향하기 전 장비를 숨겨둔 장소로 향했다.

'세바스찬이 앓는 소리를 할 정도면 나라고 뾰족한 수가 있겠어?'

준비가 필요했다.

장비를 숨겨둔 장소에는 로미가 와 있었다.

로미가 걱정스런 표정으로 물었다.

"실패한 건가요? 아직도 폭발음이 들리는데……."

"아냐. 성공은 했는데 한 가지 문제가 있어. 라칭거가 너무 강해."

"그럼 어쩌죠?"

"어쩌긴, 그래도 잡아야지."

무혁은 무기를 챙긴 후 로미에게 다가가 손을 내밀었다.

안기라는 의미다.

"빨리 이동하기 위해서야. 괜찮지?"

"네? 네. 괜찮아요."

로미는 따듯하고 포근했다.

딱히 비누나 샴푸를 사용하지 못했을 텐데도 냄새까지 좋았다.

무혁은 크게 숨을 들이쉬어 풀꽃 향기 나는 로미의 채취를 만끽한 다음 허공으로 도약했다.

제58장

소드마스터

Sanctum

　백조의 성은 그야말로 융단 폭격을 맞고 난 후의 폐허를 연상시켰다.

　견고하게 지어진 석조건물들은 반파 내지는 완파되어 형체를 알아보기 힘들었다.

　무너진 폐허들 사이로 괴물의 상반신이 보였다.

　인간이지만 인간이 아닌 그 무엇.

　라칭거였지만 지금은 라칭거가 아닌 신장 40m의 초대형 이족보행 괴물이었다.

　꾸에에에엑!

　꾸에엑!

괴물이 지름 2~3m짜리 마나구를 난사했다.

퍼퍼펑!

퍼펑!

꽝!

꽈르르릉!

로미가 상황을 정리해 주었다.

"마법이 인챈트되지 않은 단순한 마나구지만 그 자체로도 엄청난 위력을 가지고 있네요."

"마법이 인챈트되어 있다면?"

"한 발 한 발이 헬파이어 급 마법이겠죠."

헬파이어 마법은 대륙 마탑의 대마법사가 지닌 궁극마법이다.

인간과 신의 중간자라는 대마법사가 그 위치를 인정받는 고유마법이기도 하다.

그런데 지금 라칭거는 헬파이어 마법을 사용할 만한 양의 마나구를 무차별 난사하고 있다.

한마디로 라칭거가 대마법사 이상의 마나를 보유한 괴물이란 이야기다.

"세바스찬 말대로 마나 돼지 맞네. 그런데 그런 마나는 어디서 오는 거야?"

"머리에요. 머리에서 거의 무한대의 마나가 생성되고 있어요."

"마나란 자연이 스스로 만들어내는 에너지 아니었던가?"

"맞아요. 저도 이해하기 힘들어요."

"정리하면, 무한대의 마나를 생성하는 무언가를 가지고 있는 괴물을 잡아야 하다는 이야기군."

무혁은 세바스찬을 호출했다.

[세바스찬, 어디 있어?]

[지하 배수로에 숨어 있어.]

[냄새나겠다.]

[콱!]

[이쪽으로 빠져나올 수 있겠어? 성문 앞 언덕인데.]

[해볼게.]

잠시 후, 세바스찬이 나타났다.

다리를 절뚝거리며 가슴을 부여잡고 있는 모양새가 상당한 부상을 입은 것처럼 보였다.

"괜찮아?"

"이 모습이 괜찮아 보여?"

"대꾸하는 걸 봐서 괜찮아 보이네."

"큼, 힐링 포션을 마셔서 조금 나아졌어. 아까는 정말 딱 죽는구나 싶더라구. 로미야, 부탁해."

"이쪽으로 오세요."

로미의 기도 한 방이 세바스찬을 멀쩡하게 만들었다.

"아~ 살겠다."

손을 휘둘러 몸을 상태를 확인한 세바스찬이 무혁에게 말했다.

"어떻게 할 거야?"

"달리 방법이 있겠어? 죽여야지."

"그러니까 어떻게 죽일 거냐고."

"잘!"

"……."

"농담이고, 방법은 이래."

무혁은 계획을 설명해 주었다.

세바스찬이 기겁을 했다.

"정말 그 방법밖에 없는 거야?"

"다른 의견이 있으면 말하고."

"없어. 젠장, 알았어."

세바스찬은 무혁이 드래곤 라이더들에게 벗겨 온 튜브들을 받아 들었다.

"모두 3세트야. 착용해."

"……."

무혁이 생각해 낸 방법은 간단하면서 무식했다.

세바스찬 고유의 능력에 스칸다의 튜브로 마나를 더한 다음 로미의 축복으로 증폭시킨다.

"로미의 축복의 효과가 가진 마나의 양에 비례한다는 사실에 힌트를 얻었지."

"내 몸이 견딜지 모르겠어."

"넌 튼튼한 것 빼면 시체잖아."

"그러는 형이 해보시지?"

"난 이걸 다뤄야 하거든."

무혁은 길쭉하고 뭉툭한 관을 두드렸다.

"넌 이걸 못 다루잖아."

"잘났다."

"이제 알았어? 잔말 말고~! 시작해. 로미도 준비하고!"

로미가 손을 내밀고 만일의 사태에 대비했다.

"정말 하기 싫어."

세바스찬은 툴툴거리며 3세트의 튜브를 착용한 후 조심스럽게 왼쪽 팔찌를 문질렀다.

"크으윽!"

세바스찬이 몸을 굽히며 괴로워했다.

피부를 통해 혈관이 꿈틀거리며 부풀어 오르는 모습이 보였다.

"끄아아아악!"

혈관이 터질 것 같았다.

더 이상 두고 볼 수 없었던 로미가 축복을 준비했다.

"끄으으윽! 아… 아냐! 참… 참을 수 있어."

세바스찬은 손을 저어 로미를 말렸다.

"끄윽, 끄윽, 끅."

말은 그렇게 했지만 꼭 쥔 손에서 피가 흘러나왔다.

얼마나 세게 주먹을 쥐었는지 손톱이 손바닥을 뚫고 들어간 것이다.

"젠장! 이럴 줄은 몰랐다고."

피부의 모공에서 연무 형태의 마나가 피어올랐다.

한계치를 넘어선 마나가 흩어지고 있었다.

모든 것이 수포로 돌아가려는 순간, 세바스찬이 가부좌를 틀고 앉았다.

"내가 도멜가 600년 역사의 최고 천재, 세바스찬이라고!"

세바스찬은 필사적으로 마나를 운용하기 시작했다.

성과가 있었다.

흩어지던 마나가 조금씩 다시 피부로 스며들었다.

고통에 일그러졌던 얼굴도 평소의 잘생긴 모습으로 돌아갔다.

다시 얼마간의 시간이 흘렀다.

여전히 세바스찬은 마치 석상처럼 움직임 없이 굳어 있었다.

"어떻게 해요."

로미가 울먹이며 세바스찬의 손을 만지려 했다.

무혁은 그런 로미를 막아섰다.

"손대면 안 돼."

"문제가 생긴 게 분명해요."

"맞아, 문제가 생겼어. 그것도 아주 큰 문제가."

무혁은 세바스찬이 겪고 있는 변화를 알아보았다.

'똥 싸면서도 강해질 인간 같으니라고.'

짐작하건대 무혁이 가져온 튜브는 고장이 나 있었다.

때문에 세바스찬이 튜브를 조작했을 때 마나가 조금씩 흘러나온 것이 아니라 폭포처럼 한꺼번에 쏟아져 나와 혈관을 채웠다.

3개의 튜브가 쏟아낸 마나가 세바스찬이 가지고 있던 마나와 섞이며 혈관을 치고 돌았다.

자칫 잘못하면 혈관이 터져 그대로 죽을 수도 있는 위험천만한 순간이다.

그때 세바스찬은 필사적으로 마나의 흐름을 조종했고 그 과정에서 전혀 예상하지 못했던 한 가지 발견을 했다.

바로 피부를 통해 마나를 배출하는 방법이다.

그것은 엄청난 기연이었다.

피부는 혈관이 아니다.

단지 세포일 뿐이다.

마나를 혈관에 흐르게 할 뿐만이 아니라 세포 단위로 머금고 배출하게 할 수 있는 능력을 가진 이는 소드마스터뿐이었다.

세바스찬은 흥분을 억지로 가라앉히며 방금 깨달은 것을 자신의 것으로 만들기 위해 무의식 저편의 심연 깊숙이 가라

앉아 들어갔다.

　라칭거가 백조의 성을 가루로 만들고 흑조의 성을 부수기 시작할 무렵, 세바스찬이 눈을 떴다.

　무혁은 엄숙하고 고요한 표정을 유지하고 있는 세바스찬에게 물었다.

　"잘됐어?"

　"응."

　"축하해."

　"고마워, 형."

　로미가 세바스찬을 살짝 안으며 말했다.

　"축하해요."

　"운이 좋았을 뿐이야."

　"운도 실력이에요. 준비하지 않은 자에게 운은 스쳐 지나가는 바람일 뿐이죠."

　"그렇지? 그랬어. 난 역시 잘났어."

　세바스찬이 본색을 드러냈다.

　그 꼴을 봐줄 수 없었던 무혁은 가차 없이 세바스찬 머리에 꿀밤을 먹였다.

　꽁!

　"아파!"

　"하여튼 조금만 빈틈을 보이면 기어오른다니까."

"어허~ 소드마스터에게 불경하다니!"

"진심이냐?"

"아니, 미안. 너무 좋아서 반쯤 미쳤나 봐."

"크크크, 이해한다. 소드마스터라니."

"크크크크크. 그렇지? 실감이 안 와. 느닷없이 소드마스터라니!"

"로미 말대로 네가 성실히 준비한 대가겠지. 아니면 혈관이 터져 죽었을 테니까."

"형도 인정해 주는구나."

"인정은 인정이고, 소드마스터라고 기어오르면 알아서 해라."

"네, 네, 시어머니."

"크크크크."

"크크크."

전혀 예상하지 못했던 방식으로 세바스찬이 소드마스터가 되었다.

무혁은 그 사실이 몸서리치게 좋았다.

그러나 한편으로 부럽기도 했다.

무혁 역시 검의 삶을 선택한 인간으로서 소드마스터는 궁극의 도달점이었다.

'아서라, 나도 철저히 준비하면 언젠가는 될 수 있겠지.'

상념을 떨쳐 버린 무혁은 물었다.

"이제 이건 필요 없는 거냐?"

무혁은 관을 들어 보였다.

관의 정체는 재블린 대전차 미사일 발사기다.

재블린 대전차 미사일은 현존하는 모든 전차를 파괴할 수 있는 성능을 가지고 있다.

세바스찬으로 라칭거의 관심을 돌리고 그사이 라칭거의 머리를 재블린 대전차 미사일로 파괴하는 것이 무혁의 계획이었다.

"솔직히 모르겠어. 말했다시피 저 자식은 인간의 상식을 초월하는 마나 돼지거든."

"결국 계획은 그대로라는 거네."

"그렇다고 봐야지."

솔직히 걱정이 됐다.

아무리 전차의 장갑을 꿰뚫는 무시무시한 위력을 가진 미사일이라고는 해도 소드마스터가 확신하지 못하는 라칭거를 잡는 일이 가능할 것 같지 않았다.

그때 로미가 나섰다.

"잊은 것 없어요?"

세바스찬이 되물었다.

"뭐가?"

무혁은 로미가 말한 잊은 것의 정체를 파악했다.

"헉!"

"뭔데 그래?"

"로미의 축복!"

"크억! 소드마스터에게 여신의 축복이라……. 들어본 적도 없어."

"직접 경험해 보도록."

"옛설!"

로미가 경건한 몸짓으로 세바스찬에게 축복을 내렸다.

세바스찬도 평소의 장난기를 벗어던지고 진지하게 축복을 받았다.

백광이 사라지자 무혁은 물었다.

"어때?"

"형. 나……."

"……."

세바스찬은 반쯤 넋이 나간 표정으로 말했다.

"푸타나가 아니라 투르칸 신하고도 싸울 수 있을 것 같아."

"…그럼 됐다. 가서 해치워 버려."

"응!"

세바스찬이 바스타드 소드를 들고 흑조의 성을 향해 날아갔다.

날아갔다.

절대로 과장법이 아니었다.

세바스찬은 정말로 하늘을 날아 라칭거 앞에 섰다.

                    *   *   *

　공사장의 사람들이 위험했다.

　무혁은 그들을 대피시키기 위해 공사장으로 달려갔다.

　공사장의 사람들은 폭력을 멈추고 흑조의 성을 부수고 있
는 라칭거를 바라보고 있었다.

　"저 괴물은 도대체 뭡니까?"

　감병호 소장이 넋이 나간 얼굴로 물었다.

　"라칭거입니다."

　"세상에……."

　"그보다 사람들을 대피시켜야 합니다."

　"도망이야 치겠지만 저놈을 처치할 수 있습니까?"

　"저와 세바스찬이 맡을 겁니다. 하지만 피해 범위가 어디
까지 넓어질지 가늠이 안 됩니다."

　"알겠습니다."

　감병호 소장은 라칭거의 모습에 놀라면서도 숙련된 지휘
관의 역할을 충실히 수행했다.

　그의 명령은 지극히 명료하고 단순했다.

　"질서 유지에 따르지 않으면 그냥 버려."

　해병들은 감병호 소장의 명령을 충실히 이행했다.

　반항하는 경비원들은 하복부를 걷어차 주저앉혔고 따르는

경비원들은 유색인종 노동자들의 손에 던져 주었다.

유색인종 노동자들은 그간 쌓인 분노를 경비원들에게 폭발시키기를 주저하지 않았다.

걷어차인 경비원들이 사방에서 사타구니를 붙잡고 뒹굴었다.

"나중을 생각해야 한다니까요."

"나중을 생각해 그러는 겁니다. 우린 떠날 테고 남아 있는 사람들 사이에 앙금은 남지 않아야죠. 마을 사람들은 몰라도 저 경비원들은 아닙니다."

경비원들이 살아남아 봤자 분란의 씨앗이 될 뿐이라는 이야기다.

해병대원들의 안내에 따라 노동자들이 공사장을 빠져나가자 기다렸다는 듯 전투가 시작되었다.

하늘이 무너지고, 땅이 꺼지는 격돌이었다.

라칭거의 손놀림 한 번에 산이 깎여 나갔고 발 구름 한 번에 호수가 생겼다.

세바스찬도 지지 않았다.

바스타드 소드를 휘두르면 하늘이 갈라졌고, 또 한 번 휘두르면 계곡이 생성되었다.

무혁은 자신의 계획이 얼마나 한심한 것인지 뼈저리게 깨달았다.

"저런 라칭거를 고작 미사일 따위로 잡으려고 했다니……."

신에 근접한 존재들의 전투는 꼬박 24시간 동안 계속되었다.

졌던 태양이 다시 떠올라 중천에 머물 무렵 세바스찬이 부러진 바스타드 소드를 라칭거의 후두부에 박아 넣음으로써 길고 길었던 전투가 끝났다.

라칭거는 폭주하는 마나를 견디지 못하고 폭발했고 먼지로 흩날려 사라졌다.

제59장

네오 아비뇽

Sanctum

라칭거가 죽었다.

이 사실을 알게 된 목장 마을 사람들은 자신들이 저질러 온 위선의 장막이 송두리째 벗겨지는 기분을 맞봐야 했다.

목장 마을 사람들은 촌장의 집에 모여 대책을 의논했다.

"방법이 없습니다. 한국군의 지휘관에게 가서 향후 대책을 의논해야죠."

"의논이라니요. 우리 중 일부가 경비원이었고 경비원들이 그들을 어떻게 다뤘는지 모르십니까?"

"어쩔 수 없는 상황이었습니다. 아닌 말로 한국군이 우리 와 같은 처지였다면 어떻게 행동했을 것 같습니까?"

"맞습니다. 사람은 누구나 자신의 안전을 최우선으로 생각하는 법입니다. 한국군도 예외는 아니죠."

"그래도 상대는 군인입니다. 별 두 개의 소장 계급이라고 하더군요. 형식적이나마 예의는 갖춰야 할 겁니다."

"예의는 무슨 예의입니까? 따지고 보면 저들은 미국 영토에 불법적으로 상륙한 침략군일 뿐입니다. 국제법상 저들은 우리에게 아무런 권리가 없습니다."

"그 말에 전적으로 동의합니다. 하지만 현실을 직시하십시오. 한국군에 대항할 방법이 있습니까?"

"지금까지 미국은 한국의 안보를 위해 많은 도움을 줬습니다. 이제 그들이 우리의 안보를 책임질 차례죠."

끝없이 이어지는 아전인수격의 대화를 끊은 것은 캔달이었다.

"저기… 드릴 말씀이 있습니다."

"말씀하십시오."

"잘못된 정보가 있는데요. 사실 한국군의 실질적인 대표자는 감병호 소장이 아니라 문무혁이라는 인물입니다."

"문무혁? 그 사람이 누굽니까?"

"일주일 전 전와 제 아들은 산에서 돌아오던 길에 오크의 습격을 받았습니다. 그때 처음 보는 남매에게 구원을 받았죠. 세바스찬과 로미라는 이름이었습니다."

"문무혁이란 사람 이야기 하다가 남매라니요?"

"계속 들어보세요. 세바스찬이 바로 라칭거를 죽인 사람입니다."

"……."

회의장이 찬물을 끼얹은 듯 조용해졌다.

마을 사람들은 한국군이 라칭거를 죽였다고 믿고 있었다.

미사일을 목격한 몇몇 사람도 있었고, 무엇보다도 백조의 성을 가루로 만들 정도의 무력을 동원할 수 있는 집단은 한국군뿐이라고 생각했기 때문이다.

촌장이 물었다.

"한국군이 죽인 게 아니라는 이야긴가?"

"그렇습니다. 회의에 참석하기 바로 전에 세바스찬과 문무혁이라는 동양인이 저희집에 방문했습니다. 누굴 데리러 왔었는데……. 지금 중요한 건 그게 아니죠. 어쨌든, 세바스찬에게 직접 들었습니다."

"거짓말이겠지. 나도 세바스찬이란 청년을 봤지만 잘생겼을 뿐 강하다는 인상은 없었어."

"저도 처음에는 믿지 않았습니다. 그런데 세바스찬이 증거라면서 바위를 쪼개 버리더라고요. 바위의 절단면은 연마한 듯 매끈했습니다. 세바스찬은 드래곤 라이더 100명을 합한 것보다 강합니다."

캔달의 말투에 깃든 확신을 느꼈는지 촌장도 고개를 끄덕였다.

"하긴, 드래곤 라이더들도 있으니 더한 괴물이 있다고 해도 못 믿을 일은 아니지. 그런데 그런 위력을 가진 세바스찬이 대장이면 대장이지 왜 문무혁이란 사람이 대장이라는 말인가?"

"세바스찬이 문무혁을 형이라고 부르니까요. 전 문무혁이 세바스찬에게 꿀밤을 먹이는 걸 봤습니다."

"허~ 그렇다면 문무혁이 세바스찬보다 강하다는 말 아닌가?"

"그렇다고 봐야죠."

"……."

촌장을 할 말을 잊어버렸다.

그는 주변 마을 촌장들을 불러 상황을 설명하고 대책을 논의했다.

이런 이유로 라칭거가 죽은 날 밤에는 아무도 무혁을 찾아오지 않았다.

무혁은 오랜만에 전투 식량으로 그동안 부족했던 단백질과 지방과 캡사이신을 보충했다.

"사람은 단백질과 지방을 먹어줘야 힘을 쓰는 법이지."

"내가 배우기론 탄수화물이 에너지원이라고 들었는데?"

"편식은 몸에 나쁘다는 의미로 한 이야기야. 너! 고기가 좋아, 빵이 좋아?"

"고기!"

"튀김이 좋아? 날것이 좋아?"

"튀김."

"거봐, 내 말이 맞잖아."

"그러네. 가서 따져야겠다."

"누구에게?"

"김성한 박사님. 그 박사님 그렇게 안 봤는데 순 거짓말쟁
이였어."

"크크크."

농담 따먹기를 하며 식사를 하던 중 로미가 한 여성을 데리
고 들어왔다.

크리스티나 수녀였다.

무혁은 반색을 했다.

"크리스티나 수녀님, 살아 있었군요. 정말 잘됐습니다."

"살아 있음이 과연 좋은 일인지 모르겠어요."

"똥밭에 뒹굴어도 이승이 좋다는 말이 있죠. 그건 그렇고
그동안 어떻게 지내셨습니까? 프란치스코 교황님께 라칭거
에게 잡혀갔다는 이야기는 들었습니다."

"교황님께서 살아 계시나요?"

"네."

"다행이에요. 정말로 다행이에요."

성호를 그려 신에게 감사를 표한 크리스티나가 두 개의 서

류 뭉치를 내밀었다.

"이게 뭡니까?"

"전 라칭거의 개인 비서였어요. 말이 개인 비서지 노리개나 다름없는 신세였지만요. 어쨌든 언젠가는 여러분이 오시리라 예상하고 조금씩 정보를 수집했죠."

"그랬었군요."

무혁은 첫 번째 서류를 훑어보았다.

"이건… 마나 수집 장치와 튜브의 설계도군요."

"그래요. 도움이 될 것 같나요?"

"당연합니다. 엄청난 도움이 될 겁니다. 진심으로 감사드립니다."

빈말이 아니었다.

세계에서 현대 문명을 유지하고 있는 나라는 오직 대한민국뿐이다.

무혁에게 대한민국은 어떻게든 지켜야 할 고향이었다.

그러나 대한민국에는 자원이 없었다.

대한민국을 유지하기 위해서는 외부 진출이 필수적이었다.

지금까지는 무혁과 세바스찬과 로미가 외부로 나가는 탐험대를 지켜왔지만 물리적으로 한계점에 도달한 것도 사실이다.

하지만 이제 마나 수집 장치와 튜브가 생겼다.

한국군을 스칸다처럼 강하게 만들 수 있다는 의미다.

수녀만 아니었다면 무혁은 크리스티나 수녀를 껴안고 입을 맞추고 싶은 심정이었다.

두 번째 서류는 일기처럼 보였다.

"라칭거의 일기예요. 밤마다 조금씩 필사했죠."

서류는 메루의 성립과 변천에 대한 라칭거 개인의 비망록이었다.

대부분은 프란치스코 교황으로부터 이미 들어 알고 있는 내용이다.

무혁이 알고 싶은 것은 메루 구성원의 면면이었다.

서류를 뒤졌지만 찾는 내용은 없었다.

대신 무혁은 생텀으로부터 지구를 지키기 위해서라는 메루의 성립 취지가 왜 변질되었는지에 대한 내용을 찾을 수 있었다.

*　　　*　　　*

빌리 체임벌린 대통령과 라칭거는 생텀에 대항하기 위해서는 세계적인 조직이 필요하다는 데 의견을 같이했다.

처음부터 유엔 따위는 안중에도 없었던 두 사람은 돈과 권력을 가진 이들과 접촉을 시도했다.

대상자들은 두 사람의 이야기를 가벼운 농담 정도로 받아들였다.

그러나 스칸다의 가공할 만한 위력 시범을 본 후에는 적극적으로 참여의사를 밝혔다.

그렇게 '메루'가 결성되었다.

메루의 멤버는 13인으로 구성되었다.

이는 생텀 13좌의 신을 본 딴 것으로 지구를 지키겠다는 의지의 또 다른 표현이었다.

스칸다를 실행 부대로 편입한 메루는 엄청난 돈과 인력을 투입해 성과를 만들어냈다.

그 첫 번째 성과가 마나를 정제하고 담아 평범한 인간이 사용할 수 있는 튜브의 대량생산에 필요한 은빛 금속을 개발한 것이었다.

튜브보다 메루 회원들을 고무시킨 것은 생명공학적 발견들이었다.

키메라와 몬스터를 연구하는 과정에서 인간 생명 연장에 대한 탁월한 연구 결과가 다수 도출되었다.

연구자들은 이런 성과들을 인체 실험을 통해 검증한 후 메루 회원들의 몸에 적용했다.

메루 회원들은 끝없이 강해졌다.

돈과 권력에 더해 영원이라고까지 말할 수 있는 수명과 물리적 힘까지 얻게 된 회원들은 메루의 설립 목적을 잊고 말았다.

회원들 사이에 특별한 인간이 열등한 인류를 다스려야 한다는 공감대가 자연스럽게 성립되었다.

　이들은 세계를 13개 구역으로 나누었고 한 구역씩을 자신의 영토로 삼기로 약속했다.

　생텀 13좌의 신처럼 자신들이 지구의 신이 되기로 결정한 것이다.

　이들의 계획을 축복이라도 하는 것처럼 둠스데이 임팩트가 일어났다.

　메루 회원들은 살아남은 인간들을 모아 자신만의 성을 건설했다.

　그들의 바람대로 새 시대의 신이 된 것이다.

＊　　＊　　＊

　서류를 읽고 난 무혁은 한마디로 정리했다.

　"미친놈들이야."

　크리스티나 수녀가 말했다.

　"미친 짓을 해도 제지를 받지 않을 만큼 강하기도 하죠."

　"이젠 아닙니다. 우리가 있거든요."

　"아~ 한 가지 정보가 더 있어요."

　"뭡니까?"

　"빌리 체임벌린 대통령은 워싱턴에 있어요. 그의 구역이

캐나다 동부와 미국 동부지역이라더군요."

"알았습니다. 이제 쉬십시오."

로미가 크리스티나 수녀를 데리고 나가자 세바스찬이 반발했다.

"정확히 해두자고. 형 체면을 생각해서 조금 전에는 이야기 안 했는데, 우리가 아니라 나거든!"

"네 똥 사각형이다."

"원형인데?"

"야광이다."

"노란색인데? 그러고 보니 형, 지금 나 놀리는 거지?"

"이제 알았어? 하여튼 뇌까지 근육이라니까."

"허~"

"진지하게 물어보자. 너 다른 12명의 메루인지 메롱이진 하는 놈들을 잡을 수 있겠냐?"

"로미가 있고 형의 계획이 있으면······."

"말꼬리 흐린다."

"아무리 나라도 라칭거 같은 놈과 싸우는데 와이번을 탄스칸다가 파리처럼 윙윙거리면 골치 아파지지."

"잡을 수는 있다는 말이구나?"

"조건은 더 있어. 나머지 메!롱!들이 라칭거처럼 마나 돼지일 것. 혹시 나머지 메!롱!들이 허접한 1서클 마법이라도 익혔다면 장담하기 힘들어."

"흠, 어쩔 수 없다. 나도 소드마스터가 되어야겠다."

세바스찬이 웃음을 터뜨렸다.

"소드마스터가 편의점에서 파는 3,500원짜리 도시락인 줄 알아?"

"너도 됐는데 뭐."

"형을 무시하는 게 아니라 난 평생을 단련해 왔어. 그래서 마나의 분출을 제어할 수 있었지. 아마 형의 경우라면 혈관이 터져 죽을걸?"

"유리아 여신님이 날 사랑하시잖아."

"시험해 보든가?"

"아서라. 말아라. 아~ 어디 안전하고 쉽고 편하게 강해지는 방법 없나?"

"없어."

"끙!"

그래도 찾아야 한다.

무혁은 머리를 싸매고 소드마스터가 되는 방법을 찾기 시작했다.

*   *   *

날이 밝자 각 마을의 촌장들이 무혁을 찾아왔다.

그들은 입을 모아 한국으로 데려가 줄 것을 청원했다.

"몬스터들을 막아주던 드래곤 라이더들이 전멸했습니다. 여기 남아봤자 몬스터의 먹이가 될 뿐입니다."

밤새 소드마스터가 되기 위해 고민하던 무혁은 토끼 눈으로 고개를 저었다.

"불가능합니다."

촌장들이 반발하고 나섰다.

"이유가 뭡니까? 우리가 한국 군인들과 다른 분들에게 폭력을 행사해서 입니까? 그건 라칭거의 협박 때문이었습니다. 아닌 말로 칼을 목에 대고 시키는데 우리라고 도리가 있었겠습니까?"

전형적인 방관자의 논리다.

그리고 무혁이 가장 싫어하는 종류의 논리이기도 하다.

무혁은 싸늘하게 대답했다.

"아우슈비츠에서 유대인을 학살하던 독일군들도 당신들과 같은 변명을 늘어놓았었죠. 시키는 일을 했을 뿐이라고요."

"우린 나치가 아닙니다."

"비겁한 변명일 뿐입니다. 스스로를 되돌아보세요. 당신들이 따뜻한 오두막에서 가족과 함께 행복을 느낄 때 노동자들은 밤이슬을 맞으며 쉰 오트밀로 배고픔을 달랬습니다."

"하지만……."

"하지만이고 나발이고 데려가고 싶어도 데려갈 방법이 없습니다. 그러니 포기하세요."

무혁의 말은 사실이었다.

라칭거는 과학기술이 없는 그야말로 중세 시대 이전을 원했다.

그 목적을 이루기 위해 살아남은 사람 중 과학자와 기술자를 모조리 제거했다. 그렇게 죽어간 기술자 중에 대형 선박을 운행할 수 있는 민간인도 포함되어 있었다.

미3함대의 승조원 대부분이 첫 와이번 공습에서 살아남지 못한 것도 같은 이유에서였다.

세종대왕함의 함장은 보유 승조원으로 두 척의 함정을 더 운항할 수 있다고 말했다.

두 척의 함정으로는 살아남은 해병대원을 한국으로 데려가는 것만으로도 빠듯했다.

"확언해 두지만 당신들은 아무런 권리가 없습니다. 자꾸 귀찮게 하면 한국군의 포로로 삼을 겁니다."

"미국을 침공하겠다는 이야깁니까? 미국은 한국을 위해 전쟁을 치른 나라입니다."

"한국도 미국을 위해 전쟁을 치렀죠. 월남전 잊으셨습니까?"

"아무리 그래도……"

"지구가 개벽을 했는데 인정이니 인권이니 따지는 것이 얼마나 우스꽝스러운 일인지는 당신들이 몸소 증명했잖습니까? 왜? 이제 반대편에 서보니 어릴 때 배웠던 도덕 과목이 생각난 겁니까?"

"......."

탁월한 말빨로 촌장들의 입을 막아버린 무혁은 축객령을
내렸다.

"당신들은 자신이 저지른 죄에 대해 깊이 생각할 필요가
있습니다. 스스로 그 죗값에 대한 대가를 치르지 않겠다면 내
가 치르게 해드리죠. 그만 나가세요."

결론은 처음부터 자명했다.

미국인들은 미국에 살아야 했다.

촌장과 무혁의 대화를 처음부터 함께 듣고 있었던 감병호
소장이 말했다.

"경비원들은 처리했지만 여전히 불씨는 남아 있네. 우리가
떠나고 나면 수용자였던 사람들과 마을 사람들 사이에 문제
가 생길 거야."

"생각해 둔 방법이 있습니다."

"혹시 두 집단을 떨어뜨려 두려는 것인가? 난 반대일세. 소
집단으로 나뉘어 살아남은 것도 문제지만 설령 살아남았다고
해도 두 집단이 언젠가 충돌할 걸세."

"저도 같은 생각입니다."

"그렇다면 어떤 방법을……."

무혁이 준비해 둔 카드는 프란치스코 교황이었다.

감병호 소장이 고개를 저었다.

"교황이 살아 있다는 사실은 놀랍지만, 그가 이 집단의 지도자가 될 수 있다고는 생각지 않네. 이유야 어떻든 간에 라칭거는 그의 전임자였네. 또한 미국은 프로테스탄트의 전통이 강해. 미국인이 과연 가톨릭의 수장인 교황을 자신들이 지도자로 맞이할지 의문일세."

무혁은 반박했다.

"이미 라칭거를 신으로 받아들였던 사람들입니다. 다시 한번 하느님을 믿는다고 달라질 게 있을까요? 전 교황이 그들의 죄책감을 달래줄 수 있으리라 믿습니다. 또한 캘리포니아 지역의 특성상 수용자 대부분이 히스패닉계이고 이들은 가톨릭 신자라는 점도 고려했습니다."

"또 다른 계급이 생길지도 몰라."

"제가 아는 프란치스코 교황은 그런 사람이 아닙니다."

"자네가 그렇다면 그런 거겠지만……."

"소장님은 돌아갈 준비에 만전을 기해주십시오.

"알았네."

무혁이라고 마을 사람들의 반발을 걱정하지 않은 것은 아니었다.

여차하면 수용자들에게 무기를 안겨주고 서로의 입장을 바꿔 버릴까하는 극단적인 생각도 했었다.

그러나 다행스럽게 그런 걱정들은 모두 기우에 불과했다.

마을 사람들은 프란치스코 교황이 등장하자 너 나 할 것 없이 앞으로 나와 무릎 꿇고 회개했다.

"우리의 배교를 용서해 주십시오."

"어린 양의 타락을 꾸짖어주십시오."

인간은 생각 이상으로 나약하며 이기적인 존재였다.

그들은 의지할 누군가가 필요했고 그가 바로 프란치스코 교황이었다.

프란치스코 교황은 교황으로서의 의무를 성실히 수행했다.

마을 주민들의 상처를 어루만져 주었고 진심을 다해 함께 울어주었다.

일이 이렇게 흘러가자 감병호 소장도 솔직히 자신의 생각이 틀렸음을 인정했다.

"자네가 옳았네."

"운이 좋았습니다. 무기는 어떻게 됐습니까?"

"모을 수 있는 만큼 모았어. 관리만 잘하면 수십 년은 쓸 걸?"

"훈련도 시켜야 할 겁니다."

"개인화기는 문제가 없는데 공용화기는 시간이 걸릴 거야."

"공용화기가 우선입니다. 최소한 대포 정도는 쏠 줄 알아야 몬스터들로부터 마을을 지킬 수 있으니까요."

"아이들이 사람들을 뽑아 교육 준비를 하고 있으니 걱정 말게."

"크크크, 졸지에 해병대 기초 군사훈련을 받을 사람들 신세가 불쌍합니다."

"하하하하, 몸은 고달파도 효과는 확실하다네."

"인정합니다. 하하하하."

감병호 소장은 능력 있는 지휘관이었다.

그는 상황을 빠르게 안정시켜 나갔다.

프란치스코 교황은 자신이 로스앤젤레스 일원에 세워질 인간 집단의 지도자가 되어야 한다는 무혁의 말에 기겁했다.

"내가 할 수 있는 일은 하겠지만 그 이상은 내 권한이 아니네."

"다른 사람이 없습니다."

"난 신께 봉사하는 사람일 뿐이야. 능력 밖일세."

"바티칸의 국가원수시잖습니까?"

"명목상일 뿐일세."

"그 명목이 중요합니다."

"가톨릭을 믿지 않는 사람도 있네. 내가 국가원수가 된다는 걸 싫어하는 사람도 있을 거야."

"교황님 하기 나름입니다."

"하~ 꼭 내가 해야겠나?"

"그렇습니다."

"어째 책임 회피처럼 느껴지네."

교황의 지적은 사실이었다.

현 상황에서 한국과 로스앤젤레스와의 지속적인 교류는 무리였다.

혼자 살아남기도 바쁜 한국이 로스앤젤레스까지 먹이고 입히고 지켜주기에는 능력 부족이었다.

무혁은 단호하게 말했다.

"당분간은 스스로 생존하셔야 합니다."

"이해하네. 내 코가 석 자인 상황에서 남의 밥상 반찬 걱정을 할 수는 없겠지."

"지도자를 맡아주십시오."

"알았네. 단, 안정이 되면 난 물러날 걸세."

"전적으로 교황님의 자유입니다. 그리고 교황님을 도와줄 사람이 있습니다."

"누군가?"

"알란이라는 청년입니다. 수완도 좋고 사람들에게 신망도 높습니다. 도움이 될 겁니다."

"자네가 믿을 만하다고 하면 그런 거겠지. 알았네. 만나보지."

알란은 교황의 도움을 기꺼이 수락했다.

로스앤젤레스 팔로마 산을 중심으로 세워질 국가의 이름
은 '네오 아비뇽'으로 정해졌다.

1309년부터 1377년까지 교황은 프랑스 왕의 강압으로 남
프랑스의 아비뇽에 교황청을 열어야 했다.

이를 아비뇽 유수(幽囚)라 한다.

"어쨌거나 유수는 유수니까."

한 나라의 이름을 이런 간단한 이유로 결정하는 만행을 저
지른 무혁의 소감이었다.

제60장

정치

Sanctum

　한국으로 돌아갈 날이 다가오자 무혁은 한 가지 고민에 빠졌다.

　혼자서는 결정할 수 없는 문제이기에 무혁은 세바스찬과 로미를 불렀다.

　"크리스티나의 말에 의하면 빌리 체임벌린이 워싱턴에 있다고 해."

　"가서 잡자는 말이야?"

　"솔직히 말하면 그리 내키지 않아. 북미 대륙을 횡단해야 한다는 현실적인 문제도 있고, 사실 12명의 메!롱!을 일일이 찾아 잡을 수도 없는 문제잖아."

"동감이야. 우선은 내실을 기하는 편이 좋다고 생각해. 튜브도 만들 수 있게 됐으니 말이지."

"좋아 그럼 돌아가는 걸로 하자."

"오케이."

"한 가지 더 있어."

"뭔데?"

"푸타나 문제야."

"하~ 그 이름을 들으니 갑자기 머리가 아파온다."

"아무리 생각해도 이해가 되지 않아. 메루가 지구를 13구역으로 나눠 차지했어. 그럼 푸타나는 어디 있냐 이거지. 결과적으로 죽 쒀서 개 준 꼴이잖아."

메루의 일원들은 한 명 한 명이 라칭거처럼 강하고 또한 휘하에 드래곤 라이더 같은 무장 세력을 거느리고 있다고 가정하는 편이 옳다.

소수의 네크로맨서만 데리고 있는 푸타나로서는 벅찬 상대란 이야기다.

"푸타나는 메루의 존재를 몰랐던 것 아닐까?"

"아냐, 네크로맨서와 스칸다는 여러 번 충돌했어."

"하~ 그 여자는 생텀에서도 그렇고 여기서도 낙동강 오리알 신세네."

"맞는 말이긴 한데……. 너 그런 말 어디서 배웠냐?"

"김 박사님이 자주 쓰시던데?"

생텀 코퍼레이션 본사와의 연락이 끊긴 생텀 코리아는 자연스럽게 한국 정부 산하기관으로 편입되었다.

생연도 변화를 겪었다.

둠스데이 임팩트 이후 생연의 최우선 임무였던 생텀 파견대 '해모수'의 지원 업무가 대폭 축소되고 연구 기능이 강조된 것이다.

결국 두 조직은 통합되었고 대통령은 당연히 김성한 박사가 책임자로 임명될 것이라는 주위의 예상을 깨고 올리비아를 계속 책임자로 있게 했다.

올리비아보다 변화된 지구에 대해 더 많은 경험을 가진 인물이 없다는 현실적인 이유 때문이다.

그런 자신의 현실을 김성한 박사는 낙동강 오리알 신세라고 표현한 모양이었다.

어쨌든 결론은 푸타나가 어디 있는지 짐작할 수 없다는 이야기다.

"그럼 마지막 질문이야. 이번에는 로미가 말해줬으면 해."

"네."

최근 들어 유난히 말이 없어진 로미가 나지막한 목소리로 대답했다.

"그전에 어디 아파? 안색도 안 좋고 말도 없고."

"괜찮아요. 긴장이 쌓여서 그런가 봐요."

"몸조심해야 해. 네가 지금 인간에게 얼마나 중요한 존잰데."

"오빠에게도요?"

"당연하지."

무혁이 고개를 끄덕이자 보다 못한 세바스찬이 옆구리를 찔렀다.

"그런 뜻이 아니잖아."

"그런 뜻이 아니면 뭔데?"

"하여튼 돌부처, 또 뭐더라……. 맞다, 눈치라고는 눈곱만큼도 없는 벽창호 같으니라고……."

낙동강 오리알에 더해 이번에는 벽창호다.

"넌 김 박사님하고 무슨 대화를 하기에 그런 말들을 배웠냐?"

"6시 우리 고향. 그 프로 너무 재미있어."

"……."

두 사람의 시답지 않은 대화를 듣고 있던 로미가 물었다.

"그런데 저에게 묻고 싶은 게 뭐죠?"

"아~ 내 정신 좀 봐. 어떤 거냐면."

무혁은 자세를 바로 했다.

그만큼 질문은 중요했다.

질문의 무게감을 느꼈는지 로미와 세바스찬도 덩달아 무혁을 따라 자세를 바르게 했다.

"'지구를 원래대로 되돌릴 수 있는 방법은?' 바로 이 질문이야."

"선을 넘으면 돌아올 수 없어요."

"기억해. 하지만 방법이 있다고 생각해. 푸타나는 투르칸의 권능으로 둠스데이 임팩트를 일으켰어. 그러니 유리아 여신의 권능을 이용하면 지구를 원상 복구시킬 수 있지 않을까?"

"일리 있는 생각이에요. 하지만 푸타나는 투르카 님의 성녀죠. 전 일개 신관에 불과하구요."

"그러니까 성녀가 있으면 지구를 되돌릴 수 있다는 말이잖아."

"장담은 할 수 없지만 순리대로라면 그렇겠죠. 신들의 권능은 차별 없이 동등하니까요."

"그럼 됐네."

"뭐가요?"

무혁은 로미의 손을 덥석 잡으며 말했다.

"생텀으로 가자."

"……."

"……."

"지구에서 메루와 푸타나의 뒤꽁무니를 따라다니느니 아예 문제의 근원을 뿌리 뽑자는 이야기야."

"……."

"……."

안을 들은 세바스찬과 로미가 별다른 반응을 보이지 않았다.

불안해진 무혁은 물었다.

"왜? 싫어?"

"아니! 왜 싫겠어. 너무 뜻밖이라서."

"그럼 됐네. 로미는?"

"오빠 뜻대로 하세요."

세바스찬은 기쁨을 감추지 않았지만 로미는 별다른 감정의 변화를 보여주지 않았다.

그러나 무혁은 지금 당장 생텀으로 날아갈 것 같이 흥분한 세바스찬을 달래느라 그 사실을 깨닫지 못했다.

*   *   *

한국으로 돌아온 무혁은 마나집적장치와 튜브의 설계도를 올리비아에게 넘겼다.

미국에서 꾸역꾸역 가져온 부서진 마나집적장치도 넘겼다.

미사일과 라칭거에 의해 박살이 나긴 했지만 재질과 구조를 파악하는 데 많은 도움이 될 것이 분명했다.

대한민국에서 가장 우수한 두뇌들이 생텀 코리아로 모여

들었다.

그들은 튜브의 개발을 위해 '한국인 특유의 집에 안 가고 무조건 빨리 개발하기 만렙 스킬'을 발동했다.

생텀 코리아 정문에 '튜브가 인류의 마지막 희망이다'라는 조금은 유치한 구호가 적힌 플래카드가 걸렸다.

연구원들은 그 구호를 보면서 무시무시한 열기를 발산했다.

또한 정부는 만일의 상황에 대비해 2개 사단을 생텀 코리아 건물 경비에 투입했다.

무혁은 대통령에게 면담을 요청했다.

임기가 훌쩍 지났지만 대통령은 그대로 자리를 지키고 있었다.

국민들은 둠스데이 임팩트에 성공(?)적으로 대처해 대한민국을 지구상 유일한 문명국가로 남게 해준 공로를 높이 사 대통령의 연임을 헌법까지 개정해 가면서 승인해 주었다.

오랜만에 만난 대통령은 그동안 훌쩍 늙어 있었다.

"오랜만이에요, 문무혁 군."

"얼굴이 말이 아닙니다. 대통령님."

"잠을 통 못 자서요. 그리고 이거 받으세요."

대통령은 푸른 천이 발려 있는 상자 3개를 건네주었다.

"이게 뭡니까?"

"무궁화 대훈장하고, 국민훈장 무궁화장하고, 태극 무공훈장이에요. 그간의 노고를 치하는 것쯤으로 여겨주세요. 대외적으로 알리지 못하는 점 이해해 주시구요."

"다른 훈장이야 그렇다 쳐도 무궁화대훈장은 국가원수만 받을 수 있는 걸로 아는데요?"

"로스앤젤레스에 세워진 나라가 뭐라고 했죠?"

"네오 아비뇽입니다. 제가 붙인 이름이죠."

"바로 그 점이에요, 한 나라의 이름을 붙일 수 있는 자격을 가진 사람이니 무궁화훈장을 받을 자격은 충분해요."

"그래도 법이⋯⋯."

"법 따위는 개나 줘버리라고 하세요."

"네?"

"아니에요. 워낙에 사방에서 스트레스를 받아서 말이죠."

당장 해병1사단의 전사자 처리만 해도 머리가 아플 것이다.

그 외에서 수없이 산적한 문제를 처리해야 한다.

당연히 머리도 아프고 스트레스도 받을 것이다.

이해는 하지만 농담으로라도 대통령이 할 말이 아니다. 대통령은 그런 고민을 처리하라고 있는 자리다.

지금까지 무혁은 현 대통령이 미국의 압력 속에서도 나름 잘해왔다고 생각했다.

그래도 마음에 들지 않은 건 않은 것이다.

'마음에 들지 않으면 어쩔 건데? 국민이 뽑은 대통령인 것을.'

무혁은 용건으로 넘어갔다.

"생텀에 가려고 합니다."

"생텀이라… 이유는요?"

"지구를 원상 복구시킬 방법이 있을 것 같습니다."

"그래요?"

대통령의 반응이 시원치 않다.

펄쩍펄쩍 뛰며 기뻐하지는 못해도 최소한 반색은 할 줄 알았다.

무혁은 로미에게 들었던 이야기를 해주었다.

이야기를 듣고 난 후에도 대통령은 여전히 시큰둥했다.

"유리아교의 성녀를 만나 지구를 원상 복구시켜 달라 부탁하겠다 이 말이군요."

"그렇습니다, 대통령님."

"들어줄 것 같나요?"

"모릅니다. 그래도 부딪쳐 봐야죠."

"흠, 알았어요. 고려해 보도록 하죠."

"……."

이런 대답을 원한 것이 아니다.

"고려라는 말씀이 잘 이해가 되지 않는군요."

"문무혁 씨는 둠스데이 임팩트 이후를 살아가는 대한민국에 있어 가장 큰 자산이에요. 그런 당신을 생텀으로 보내는 문제를 나 혼자 덜컥 결정할 수는 없어요."

"아~ 네……."

듣기 좋은 달콤한 말이지만 그래도 어딘가 찝찝함이 남았다.

대통령은 지금까지 무혁의 행동에 제약을 건 적이 없다.

네오 아비뇽 건국건만 해도 대통령이 무혁에게 전권을 맡겼기 때문에 가능한 결정이었다.

어쨌든 대통령이 그렇다면 그런 것이다.

무혁은 대답을 듣지 못하고 청와대를 빠져나올 수밖에 없었다.

일주일 뒤, 청와대에서 저녁이나 먹자는 연락이 왔다.

내키지 않지만 아부를 위해 힐링 포션 몇 병을 챙긴 무혁은 청와대로 찾아갔다.

초대받은 사람은 무혁만이 아니었다.

만찬 장소인 영빈관에는 대한민국을 대표하는 백여 명 가량의 사람이 모여 있었다.

무혁은 사람들 안에서 올리비아와 김성한 박사를 찾아냈다.

"두 분도 오셨네요."

"오라고 하니 와야지."

"나도 마찬가지예요. 세계최강국 지도자의 만찬 초대를 누가 거부할 수 있겠어요."

올리비아는 이 상황이 마음에 들지 않는지 잔뜩 인상을 쓰고 있었다.

무혁은 김성한 박사에게 물었다.

"김 사장, 아니, 김필용 씨는 잘 지내고 있습니까?"

"몰라."

"네? 모른다니요."

"모르니 모른다고 하지, 아는데 모른다고 할까."

평소 김성한 박사답지 않은 격한 반응이다.

입을 다문 김성한 박사를 대신해서 올리비아가 그 이유를 설명했다.

"저도 김성한 박사도 해모수 팀과의 연락 라인에서 배제됐어요."

"그럼 누가 그 일을 맡고 있다는 말입니까?"

"국정원이죠."

"……."

가면 갈수록 대통령의 행동이 마음에 들지 않았다.

"미국에서 파견한 팀은요?"

"마찬가지예요."

"그쪽에서 그런 조치를 납득했습니까?"

"납득하고 안 하고의 문제가 아니에요. 생팀으로 가는 물자의 목줄을 한국 정부가 쥐고 있으니까요. 알다시피 생텀에서 오는 물자의 가치가 대폭 떨어졌잖아요."

둠스데이 임팩트 이후 오크도, 그밖의 자원도 전부 지구에서 구할 수 있게 되었다.

생텀은 이제 마법 물품의 공급처 그 이상의 가치를 가지지 못했다.

*   *   *

만찬이 시작되었다.

무혁은 대통령 옆자리에 앉아 대통령이 늘어놓는 공치사를 만찬 내내 들어야 했다.

불편한 식사를 먹는 둥 마는 둥 끝내자 대통령은 무혁을 회의실로 불렀다.

회의실에는 국무위원과 별을 4개씩 단 장군들이 무혁을 기다리고 있었다.

상석에 대통령이 앉자 회의가 시작되었다.

회의라고 이름은 붙였지만 사실은 무혁의 제안에 대한 일방적인 거절 통보였다.

"문무혁 씨의 생텀행 요청은 거부되었어요."

"이유를 설명해 주십시오."

무혁의 반대쪽에 앉아 있던 날카로운 인상의 중년 남자가 벌떡 일어나더니 손가락질을 했다.

"대통령님에게 이유를 설명하라니? 그게 무슨 말버릇인가?"

무혁은 그 남자에게 물었다.

"당신은 누구십니까?"

"당신? 당신이라고 했나? 이 사람이!"

"그럼 그쪽은 누구십니까?"

"허~ 말본새하고는……."

"가는 말이 고와야 오는 말이 고운 법이죠."

보다 못한 대통령이 나섰다.

"남호식 국정원장이에요. 뉴스를 통해 접하지 못했나 보죠?"

"따뜻한 아랫목에서 음모를 꾸미는 누구와 달리 몬스터 소굴에서 뒹구느라 뉴스는커녕 드라마도 못 봤습니다."

의도를 담은 비아냥이다.

그래도 멍청하지는 않아 무혁의 비꼼을 이해했는지 남호식 국정원장이 다시 벌떡 일어났다.

"능력 좀 가졌다고 아주 안하무인이구만!"

누군가 인간 본성의 극한을 알아보려면 그에게 권력을 주면 된다고 말했다.

바로 국정원장 같은 사람이 그런 경우다.

국정원장은 말이 통하지 않는 부류의 사람이었다.

'무시가 답이지.'

하지만 무시할 수 없게 상황이 흘러갔다.

"어린 사람이 그러면 안 돼. 예의를 알아야지. 요즘 아이들은 가정교육을 어떻게 받는지, 원."

"……."

스윽~!

무혁의 신형이 인간의 시력으로 따라잡을 수 없을 만큼 빠르게 움직였다.

"헛!"

무혁은 국정원장이 외마디 비명도 지르기 전에 그의 목울대를 움켜쥐었다.

"커… 컥!"

무혁은 높낮이 없는 단조로운 어조로 말했다.

"해서 될 말이 있고, 안 될 말이 있는 법입니다. 내가 능력이 있다고 생각했으면 몸을 사리셔야죠."

"크… 큭!"

쫭!

회의실의 문이 열리고 대통령 경호원들이 뛰어 들어왔다.

"물러서라."

"멈춰."

권총을 꺼내 든 경호원들의 목과 팔목에 채워진 튜브가 보였다.

연구용 샘플로 사용하기 위해 로스앤젤레스에서 가져온 바로 그 튜브다.

'젠장, 대통령 지키라고 가져다준 물건이 아니라구.'

한층 더 기분이 나빠졌다.

무혁은 손을 흔들었다.

경호원들의 권총이 진공청소기에 빨리듯 무혁의 손아귀로 빨려들었다.

"헛!"

"헉!"

무혁은 빼앗은 권총을 찰흙처럼 구겨 버렸다.

회의실 안이 얼음처럼 얼어붙었다.

'깽판 치고 개 값을 물어?'

진심으로 생각을 행동에 옮기고 싶었다.

'그런데 이상하단 말이지.'

대통령과 국정원장의 행동에 석연치 않은 구석이 있었다.

닳고 닳은 두 정치인이 왜 자신을 도발하고 있는가에 대한 의구심이다.

다시 한 번 대통령이 나섰다.

"문무혁 씨, 그만하세요."

무혁은 고개를 돌려 대통령에게 물었다.

"이제 안 되는 이유를 알려주시겠습니까?"

"일전에도 말했다시피 문무혁 씨의 존재가 대한민국에 너무 중요하기 때문이에요."

"중요한 인물이라면서 이런 대접을 하십니까?"

"내가 사과하죠. 하지만 결정은 번복되지 않을 거예요."

"……."

무혁은 국정원장의 목을 놓고 물러섰다.

"알겠습니다. 돌아가도 되겠습니까?"

"당연하죠."

무혁은 뒤도 돌아보지 않고 회의실을 빠져나왔다.

그러나 감각은 아직 회의실에 남아둔 상태였다.

"…괜찮아요? 남 원장?"

"…괜찮습니다. 대통령님."

"…수고했어요. 남 원장 덕분에 긴 설명 없이 거절할 수 있었어요."

"…처음부터 말이 되지 않는 소립니다. 누구 마음대로 지구를 예전으로 되돌립니까?"

"…그럼요. 어떻게 잡은 기회인데요. 대한민국으로서는 지구가 이전 상태로 돌아가 좋을 것이 하나도 없어요."

"…지구는 한민족의 것입니다. 앞으로 영원히 말입니다, 대통령님."

무혁은 자기도 모르게 걸음을 멈췄다.

뒤따라오던 경호원이 깜짝 놀라 경고했다.

"계속 가십시오."

"……."

무혁은 다시 걸음을 옮겼다.

'그래도 정치인이라 이거지.'

대통령과 정치인들을 욕할 마음은 들지 않았다.

정치인들은 국민의 대표자다.

때문에 그들은 대한민국을 수호하고 국민을 잘 먹고 잘살
게 할 의무가 있다.

'다른 나라 사람까지 걱정할 이유는 없다 이 말이지.'

대통령은 자신의 의무에 충실했다.

'이해는 해. 하지만 여전히 마음에 들지 않아.'

특별히 무혁에게 세계 평화나 인류의 미래를 걱정하는 정
의감이 있는 것은 아니었다.

'푸타나와 메루의 12인이 있어.'

그들이 대한민국을 그냥 두고 볼 리 없다.

당장 메루의 12인이 연합이라도 한다 치면 무혁은 그들을
막을 능력이 없다.

"생각이 짧아."

"네?"

경호원이 물었다.

무혁은 그의 말을 무시했다.

'결정을 내려야 해.'

선택지는 두 가지였다.

우선 기존의 계획대로 생텀으로 가는 방법이 있다.

확신은 없지만 간단하고 명료한 방법이다.

두 번째는 푸타나와 메루의 12인을 일일이 처치하는 방법이다.

얼마의 시간이 걸릴지도 모르고 그 와중에 죽을 수도 있다.

'무엇보다 로미와 세바스찬이 마음에 걸려.'

두 사람에게는 지구에 남아 있을 이유가 전혀 없다.

굳이 이유를 찾는다면 두 사람이 무혁에게 가지는 의리 정도일 것이다.

청와대 정문을 빠져나오며 무혁은 생텀으로 가기로 마음먹었다.

그것은 무혁 특유의 반골기질과 가슴 깊숙이 자리 잡은 따뜻함, 그리고 현실을 직시한 결과가 만들어낸 결정이었다.

제61장

생텀으로

Sanctum

올리비아가 손사래를 쳤다.

"불가능해요. 선갑도 기지의 보안 수준은 예전과 비교할 바가 아니에요."

네크로맨서가 침범하려 했던 사건 이후 선갑도는 대한민국 최고의 보안 구역으로 격상되었다.

선갑도 기지 자체는 수십 개의 지하 벙커로 요새화되었고 주변 섬에도 벙커와 레이더 사이트와 미사일 기지가 설치되었다.

둠스데이 임팩트 이후에는 그 정도가 더욱 심해졌다.

해군은 몬스터의 천국으로 변해 버린 일본이나 중국을 견제할 필요가 없어지자 선갑도 주변 해역에 대부분의 군함을 투입했다.

육군 1개 사단도 선갑도에 주둔하고 있었다.

이런 상황을 모르지 않는 무혁은 고심 끝에 생각해 낸 방법을 꺼냈다.

"세바스찬이 보내는 컨테이너가 있습니다."

"무슨 수를 써서라도 꼭 가야겠다는 말인가요?"

"그렇습니다."

"하~ 알았어요. 방법을 찾아보죠."

디데이는 일주일 뒤로 정해졌다.

무혁은 나름 생텀으로 떠날 준비를 시작했고 세바스찬도 막바지 쇼핑에 박차를 가했다.

택배 더미에 묻혀 있는 두 사람에 비해 로미는 별다른 준비를 하지 않았다.

"필요한 물건이 없어요."

"그래도 막상 생텀으로 돌아가면 생각나는 물건이 있을 거야."

"……."

무혁의 권유에도 로미는 희미하게 웃을 뿐이었다.

디데이 당일, 무혁과 세바스찬과 로미는 당일 이송 계획이 잡힌 컨테이너에 숨어들었다.

컨테이너는 이중벽을 설치해 세 사람이 겨우 숨을 공간을 만들어둔 상태였다.

답답하고 찌는 듯 더웠지만 생텀이라는 미지의 세상으로 간다는 설렘이 그 모든 불편을 견디게 했다.

평택항에 도착한 컨테이너는 군인들에게 검사를 받았다.

군인들은 매번 반복되는 업무인지 포장된 박스들을 기계적으로 검사하며 잡담에 열중했다.

"이번 컨테이너도 세상의 쓰레기란 쓰레기는 다 긁어모았네."

"크크크, 일회용 라이터 한 개만 가져가도 그쪽에서는 큰돈이 될 테니까."

"생각해 봤는데 생텀에서 떼돈을 벌 수 있는 기가 막힌 아이템이 있어."

"뭔데?"

"비아XX."

"오오~! 멋진 생각인데?"

"그렇지? 아마 그쪽의 귀족 나으리들이 천금을 들고 줄을 설 거야."

귀를 쫑긋 세우고 군인들의 대화를 듣던 세바스찬이 속삭였다.

"비아XX가 뭐야?"

"발기부전 치료제."

"풀어서 설명해 봐."

"음. 로미, 귀 좀 막을래?"

로미가 이유를 물어왔다.

"왜요?"

"흠, 19금이라서."

"야한 이야기 하려는 거죠? 난 애가 아니에요. 상관없으니 어서 말해요."

"큼, 듣고 나서 뭐라고 하지 마."

"알았어요."

무혁이 거창하게 로미의 귀까지 막으려 하자 세바스찬의 눈이 초롱초롱 빛났다.

"비아XX은 안 서는 그걸 서게 만드는 약이야."

"그거라는 게 혹시 남자의 그거?"

"맞아."

세바스찬이 진지해졌다.

"형."

"왜 불러, 설명해 줬잖아."

"우리 다음 컨테이너로 가자."

"무슨 소리야."

"비아XX 좀 사가지고 갔으면 해서."

"……."

"물건의 효능만 확실하면, 저 병사들 말대로 일국을 세울 수 있는 돈을 벌 수 있어. 그러니 형, 며칠만 있다가 가자."

무혁은 로미에게 말했다.

"세바스찬 좀 말려줄래?"

"네."

로미가 세바스찬의 허벅지를 세게 꼬집었다.

"악!"

비명 소리가 새어 나가지 않은 것이 천운이었다.

군인들은 자신들의 대화가 불러온 예기치 않은 참사를 전혀 짐작하지 못했다.

"젠장."

"왜?"

"아까워서. 저쪽과 왕래만 자유로워지면 돈 벌 아이템이 무궁무진하잖아."

"아서라. 지구가 이 난리가 난 이유가 저쪽에서 건너온 네크로맨서인가 뭔가 하는 마법사 때문이라잖아."

"그럼 이 물건을 보내는 이유가 뭐야? 윗사람만 다 해 처먹으려고 그러는 거잖아."

"이렇게 소식이 늦어서야."

"무슨 소식?"

"지구에 저쪽 귀족 한 명이 와 있대."

"우리도 가 있으니 그럴 수도 있지."

"그 귀족이 완전 가난뱅이인데 돈을 버는 족족 이런 물건을 사서 나르나 봐."

"크크크, 귀족도 다 부자가 아니란 이야기인가?"

"그렇지, 멍청하기도 하고. 말했다시피 비아XX 한 가방이면 여기 있는 물건 따위는 쓰레기에 불과하지."

"맞다. 맞아."

멍청하고 가난하다는 소리를 들은 세바스찬은 광분했고 로미는 다시 허벅지를 꼬집어 응징해야 했다.

*   *   *

운반된 컨테이너가 터널 옆 야적장에 적재되자 미리 준비했던 무전기를 통해 올리비아의 목소리가 들려왔다.

─견딜 만해요?

"죽지는 않을 것 같습니다."

─한 가지 문제가 있어요.

"들키기라도 한 겁니까?"

─맞아요.

"……."

─한국 정부에게 들킨 건 아니에요.

"그럼 누굽니까?"

무전기 속 목소리가 바뀌었다.

─날세.

"……."

무전기가 걸쭉한 노인의 목소리를 토해냈다.

김성한 박사였다.

─나도 가야겠네.

"네?"

─지금껏 자료로만 생텀을 접했네. 이제 직접 보고 싶어.

"생텀은 위험한 곳입니다."

─각오했네.

"박사님!"

─날 데려가지 않으면 정부에 고자질하겠네.

"고자질이라니요. 다 큰 어른이 할 소립니까?"

─그만큼 절박하다는 이야길세.

"부인은 어떡하구요."

─내 마누라 성격에 안 가면 더 무시할걸?

─하…….

노학자의 고집이다. 어쩔 수 없다.

무혁은 김성한 박사의 억지에 굴복하고 말았다.

"알았습니다."

─고맙네. 거추장스럽게 굴지 않겠다고 약속함세.

무전기를 넘겨받은 올리비아가 말했다.

─김 박사님이 끝이 아니에요.

"네? 올리비아 씨도 가겠다는 소립니까?"

―전 그런 용기는 가지고 있지 않아요.

"그럼 누굽니까?"

목소리가 바뀌었다.

―안녕하세요.

"……."

젊은 여성의 목소리.

들어본 적은 있는데 어디서인지, 누구인지 기억이 나지 않았다.

"누… 누구십니까?"

―저, 아니타예요.

"아니타? 아~ 바레가 족의……."

당혹스럽기도 하고 황당하기도 했다.

무혁은 이유를 물었다.

"왜 생텀에 가려고 하는 거지?"

―제 의견이 아니라 올리비아 언니의 조언 때문이에요.

이건 또 무슨 소린가?

목소리가 다시 올리비아로 바뀌었다.

―정부에서 아니타에게 행하는 실험이 도를 넘고 있어요. 마치 나치나 731부대의 인체 실험 같다니까요.

"……."

―이대로 가면 아니타가 제명에 못 죽을 것 같아요. 그러니

데려가세요.

"아무리 그래도 생텀은 지구가 아닙니다."

올리비아는 강경했다.

―지구도 예전의 지구가 아니죠.

"아무리 그래도……."

다시 목소리가 바뀌었다.

―꼭 가고 싶어요. 가족도 모두 죽었고, 부족들도 아마 오크로 변했거나 죽었을 거예요. 이제 지구에 남은 미련은 없어요.

"……."

무혁은 세바스찬에게 물었다.

"검은 피부의 인간이 생텀에서 살아갈 수 있을까?"

"생텀 사람들은 딱히 피부 색깔에 대한 거부감은 없는 것 같아. 해모수 팀의 경우만 봐도 그렇지. 물론 장담은 할 수 없어."

"하~ 어쩔 수 없는 건가?"

"상관없지 않을까? 아니타는 샤먼 오크야. 보통 여자아이가 아니라구."

"그렇긴 해도……."

어차피 무혁도 밀항을 하는 셈이다.

아니타 본인의 의사가 그렇다니 달리 할 말이 없다.

"좋습니다. 어떻게 데려올 겁니까?"

─잠시 후, 위층에서 작은 사고가 있을 거예요. 기회는 그
때예요.

"알았습니다."

올리비아의 말대로 금세 주위가 소란스러워지더니 컨테이
너의 문이 열리고 김성한 박사와 아니타가 들어왔다.

"인사는 나중에 하고 우선 들어오십시오."

3명을 예상하고 만든 비좁은 공간에 다섯 명이 옹기종기
모여 앉았다.

*   *   *

이제 생텀으로 갈 시간이다.

세바스찬과 로미에게 많은 이야기를 들어 알고는 있어도
심장이 떨리는 건 어쩔 수 없었다.

두려움이라기보다는 가벼운 흥분이 주는 떨림이다.

로미가 무혁의 손을 잡았다.

"할 이야기가 있어요."

"나중에 하면 안 될까? 시간으로 봐서 이제 곧 터널을 통과
할 거야."

"그래서 지금 해야 해요."

"……."

세바스찬이 헛기침을 하며 외면했다.

"큼!"

"……."

세바스찬은 로미가 무슨 이야기를 하려하는지 알고 있는 것 같았다.

"말해봐."

"전 함께 갈 수 없어요."

"……."

잠시 머리가 멍해졌다.

혼란스러운 머리로 왜 로미가 생텀에 갈 수 없는지 이유를 생각해 보려 애써봤지만 답을 찾지 못했다.

"이유는?"

"제가 떠나면 대한민국은 둠스데이 임팩트에 휘말릴 테니까요."

"…그런 말도 안 되는……."

"대한민국은 유리아 님의 권능으로 지켜지고 있어요. 그 권능이 유지되는 이유는 제가 있기 때문이고요."

"…넥타르 때문이 아니었다는 말인가? 충분히 만들어두었잖아."

"넥타르의 효과가 어느 분의 권능에 의한 것인지 잊었어요?"

유리아 여신은 상당히 치사한 성격의 소유자였다.

"그냥 지켜주면 안 되나?"

"처음부터 그것이 저와 여신님과의 계약이었어요."

"계약이라면… 대한민국을 지켜주는 걸 계약했다는 말이야?"

"그런 셈이죠."

"만일 계약을 깨뜨리면?"

"인간이 신과 맺은 계약을 깨뜨리고 살아남을 수 있을까요?"

"젠장."

"불경이에요."

"불경은 무슨 불경? 개뿔!"

"다녀오세요. 다 잘될 거예요. 저는 여기서 기다리고 있을게요."

"정부에서 가만있지 않을 거야."

"전 유리아 님의 종이에요. 한국 정부가 절 어찌할 수 있을까요?"

"그건 그렇지만……."

말릴 방법이 없었다.

다른 곳도 아니고 대한민국이 위험하다지 않은가.

미우나 고우나 대한민국에는 무혁이 아는 모든 사람이 살고 있다.

로미가 주머니에서 반지 2개를 꺼냈다.

"이건 두 오빠에게 주는 저의 선물이에요. 유리아 여신님의 축복이 담겨 있죠."

"절대로 벗지 않을게."

무혁은 로미의 손을 힘껏 잡았다.

"기다리고 있어. 얼른 다녀올게."

"조심하세요. 그리고 세바스찬!"

외면하고 있던 세바스찬이 고개를 돌렸다.

"응?"

"지금부터 전 유리아 님의 신관이에요."

로미의 급격한 변화에 잠시 당황한 듯 보였던 세바스찬이
곧 정색을 했다.

"아~ 음. 네, 로미 신관님. 말씀하십시오."

"약속해 주세요."

"로미 신관님의 희망을 돕는 일이 제 삶의 보람입니다."

"무혁 오빠를 부탁해요."

"맹세합니다. 저, 세바스찬 폰 도멜 남작은 유리아 여신님
과 아리스 여신님께 맹세코 무혁 형을 보호하겠습니다."

두 여신의 이름이 걸린 어머어마한 맹세다.

"고마워요, 세바스찬 오빠."

"로미야."

로미는 마지막으로 무혁과 세바스찬에게 따뜻한 눈길을
준 후 말했다.

"이제 헤어질 시간이에요. 김 박사님도 아니타도 좋은 여

행을 하길 바라요."

"……"

"……"

로미가 컨테이너 바깥으로 사라져 갔다.

그 어떤 말도 할 수 없었다.

'꼭 돌아올게.'

무혁은 마음속으로 이렇게 다짐할 뿐이었다.

무혁은 올리비아를 호출했다.

"우리가 떠나면 계획대로 진행하세요."

─알았어요.

무혁은 향후 정부가 어떤 식으로 반응할지 걱정하고 있었다.

'로미가 남기로 했으니 극단적으로 나오지는 않겠지만……'

그래도 확실히 해두는 편이 옳았다.

일행이 떠나고 나면 올리비아는 터널 운행 시스템을 고장 낼 것이다.

치명적이지는 않지만 그렇다고 쉽게 고칠 수 있는 고장은 아니었다.

제62장

캠프 뉴욕

Sanctum

폐부를 시리도록 간질이는 차가운 공기.

구름 한 점 없는 푸른 하늘.

푸른 숲.

맑은 물.

무혁이 상상해 온 생텀의 모습이었다.

그러나 시야를 가리는 새하얀 빛의 터널을 지나 도착한 생텀에서의 첫인상은 우중충, 끈적끈적, 후덥지근, 그 자체였다.

생텀은 밤이었고 컨테이너는 아름드리나무를 베어 넘겨 만들어진 야적장에 놓여 있었다.

컨테이너를 빠져나온 무혁은 구시렁댔다.

"젠장, 뭐냐고."

세바스찬이 왜 그 이유도 모르냐는 어투로 말했다.

"여긴, 블랙 포레스트(검은 숲)이니까. 그나저나 성대한 환영식이 열리려나 본데?"

"……."

검은 군복을 입은 군인 20여 명이 일행에게 총을 겨누고 있었다.

군인들의 대표가 앞으로 나왔다.

"당신들은 누구십니까?"

"전 문무혁, 이쪽은 세바스찬… 폰 도멜 남작, 저분은 생연의 김성한 박사님, 또 저쪽의 아가씨는 아니타입니다."

"이름을 물어본 게 아닙니다. 오늘자 화물 운송 목록에는 인간이 포함되어 있지 않았습니다."

"언제나 예외는 있는 법이죠."

무혁은 올리비아가 미리 준비해 준 편지를 군인에게 넘겨주었다.

편지를 읽은 군인이 굳은 표정을 풀었다.

"당신들이 지구를 되돌릴 가능성을 찾아 생텀에 왔다고 적혀 있습니다. 맞습니까?"

"맞습니다."

"그런 막중한 임무를 가진 분들치고는 구성이 특이하군요."

"정확히는 저와 세바스찬 남작입니다. 저 두 분은 작센 영지에 머무를 겁니다."

세바스찬이 끼어들었다.

생팀에 도착해서인지 세바스찬은 망설임 없이 군인에게 하대했다.

"참고로 작센 영지는 나의 영지다."

"알고 있습니다, 세바스찬 남작님. 그런데 로미 신관님이 보이지 않는군요."

무혁이 대답했다.

"로미 신관님은 지구에 남아 있습니다. 마지막 남은 인류의 보루인 대한민국을 지키기 위해 말이죠."

"인류의 마지막 보루라……. 누군가에게는 그렇게 보일 수도 있겠군요. 어쨌거나… 환영한다고 해두죠. 따라오십시오. 아~ 제 소개를 안했군요. 전 에릭 맥도엘 대령입니다. 맥도엘 대령이라고 부르시면 되겠습니다."

맥도엘 대령은 전쟁 영화 속에서 그대로 튀어나온 것 같이 생긴 건장한 남자였다.

해병대 돌격머리처럼 짧게 자른 머리카락과 얼굴의 절반을 가르는 깊은 상처, 그리고 머리와 목의 두께가 거의 비슷한 체형이 그런 인상을 더욱 강하게 만들었다.

일행은 컨테이너를 결속한 트레일러에 올라탔다.

트레일러의 앞뒤로 두 대의 험비가 경호를 섰다.

부우우웅!

트레일러가 숲을 개간해서 만든 비포장도로를 천천히 움직이기 시작했다.

도로 양편으로 철망을 씌운 쇠기둥들이 일렬로 늘어서 있었다.

철망에는 가로로 여러 가닥의 전선이 설치되어 있어 마치 놀이공원 사파리를 운행하는 관람차를 탄 기분이었다.

무혁이 관심을 보이자 맥도엘 대령이 말했다.

"몬스터를 막기 위한 전기 철책입니다. 허술해 보여도 꽤나 효과가 있습니다."

"그렇군요."

김성한 박사는 이런 경험이 탐탁지 않은 모양이었다.

"좀 깨는구먼. 생텀이 아니라 아마존의 벌목장 같은 느낌일세."

아니타의 반응은 조금 달랐다.

그녀는 블랙 포레스트를 고향처럼 받아들였다.

"이 온도, 이 습도. 너무 친숙해서 눈물이 날 것 같아요."

세바스찬은 평소와 달리 엄숙한 표정이었다.

무혁은 어두운 하늘을 바라보았다.

달이 떠 있었다.

"달이 하나네."

"무슨 소리야. 당연히 달은 하나지."

"보통 이계라고 하면 달이 3~4개쯤 있어야 하는 법이거든."

"그 법을 누가 만들었는데?"

"소설가들."

"……."

"그나저나 정말 비슷하게 생긴 달이네. 다만 크기가 조금 작다."

"지구 달이 큰 거야."

"그럴 수도 있고……."

비포장도로를 두 시간 정도 달리자 숙영지가 나타났다.

나무 송곳을 박아 넣은 해자와 콘크리트 방벽, 방벽 위에 설치된 철조망과 전기 장벽으로 2중 3중으로 보호되고 있는 숙영지는 상당히 거대한 규모를 자랑했다.

"규모가 상당하군요."

"주거 건물이 24동, 사무 건물이 4동, 창고가 60동으로 이뤄져 있습니다. 상주 인원은 1,500명가량입니다."

무혁은 중앙 광장에 세워진 국기 게양대를 발견했다.

두 개의 서치라이트로 조명을 밝힌 국기 게양대에 성조기가 펄럭이고 있었다.

맥도엘 대령이 말했다.

"캠프 뉴욕에 오신 걸 환영합니다."

"미국은 사라졌습니다. 대신 네오 아비뇽이 건국되었죠."

"네오 아비뇽인지 뭔지는 미국인의 대표성을 주장할 법적 근거를 가지고 있지 못합니다."

"말씀하시는 대표성도 대표할 만한 국민이 있어야 성립하겠죠."

"……."

정곡을 찔린 맥도엘 대령이 입을 다물었다.

'뉴욕이라……'

초기 이민자들은 좁고 더러운 배를 타고 대서양을 건넜다. 그렇게 도착한 곳이 바로 뉴욕이다.

'어울리는 이름인가?'

상관없었다.

*　　　*　　　*

맥도엘 대령이 배정해 준 숙소는 이곳이 생텀임을 고려하면 꽤나 편안하고 안락했다.

"작센 영지는 어떻게 가지?"

"먼저 도멜 영지로 가야 해. 도멜 영지에서 3일을 이동하면 도멜 영지와 블랙 포레스트를 나누는 야그스트 강이 나와. 야그스트 강을 따라 하루쯤 내려가면 작센 영지야. 도멜 영지와 연결되는 회랑만 빼고 사방이 강으로 둘러싸인 멋진 영지지."

"어째 빙 둘러가는 것 같은데……. 블랙 포레스트를 가로지르면 빠르지 않을까?"

"우리 둘만이라면 그래도 되겠지만 김 박사님과 아니타를 데리고? 가능이야 하겠지만 추천하고 싶지는 않아."

"그렇군. 마음이 급해서 거기까지는 생각을 못했어."

"형, 여기는 생텀이야. 지구처럼 비행기도 없고, 자동차도 없지. 여행을 위해서는 걸어야 하고, 걷는 게 싫으면 말을 타야 해."

"……."

"도멜 영지에서 유리아단테 교국까지는 꼬박 1년이 걸려. 말을 타면 조금 단축은 되겠지만 그래도 한계는 존재해. 형에게 익숙한 지구의 시간개념을 생텀의 것으로 바꾸지 않으면 답답해서 견디기 힘들 거야."

하나부터 끝까지 옳은 소리다.

'나도 모르게 긴장하고 있었어.'

긴장을 풀어야 했다.

"술이다. 술을 마셔야 해."

마침 맥도엘 대령이 저녁 식사에 초대를 해주었다.

"처음 생텀에 오셨으니 현지식으로 차렸습니다."

이름 모를 생선 대가리가 적나라하게 웃고 있는 파이.

아마도 꿀을 뿌린 것 같아 보이는 반질거리는 이름 모를 구운 과일.

검고 끈적끈적한 소스를 끼얹은 메추라기 구이.

한 대 맞으면 두개골이 함몰할 것 같이 딱딱해 보이는 빵.

소금에 절인 돼지비계.

식탁에 놓인 요리의 면면은 보기만 해도 기가 질릴 만큼 기괴했다.

"평소에도 이런 음식을 드십니까?"

"하하하, 그럴 리야 있겠습니까? 풍족하지는 않아도 지구 사정보다야 훨씬 낫습니다."

둠스데이 임팩트 이후 식량 수입은 전면 중단되었다.

그 결과로 한국은 식량 부족에 시달리고 있었고 그래서 식량만으로 한정 지어 생각하면 캠프 뉴욕 쪽이 훨씬 풍족한 편이었다.

"이 요리들을 만든 요리사는 도멜 백작가의 수석요리사였습니다. 드셔보십시오. 생긴 건 이래도 꽤나 먹을 만하답니다."

보기 좋은 음식이 먹기도 좋은 법이다.

도멜 백작가의 수석요리사가 만들었든 시골 아주머니가 만들었든 일단 모습이 혐오스러우니 요리에 손이 가지 않았다.

김성한 박사도 포크로 생선 대가리를 쿡쿡 찌를 뿐 먹기를 주저하고 있었다.

의외로 아니타는 잘 먹었다.

"사실 한국 음식이 저에게는 조금 매웠거든요. 저희 고향 음식과 비슷한 점도 있구요."

세바스찬의 반응은 열광 그 자체였다.

"이 요리들이 얼마나 먹고 싶었는지…… 눈물이 날 것 같아."

접시에 놓인 음식이 진공청소기로 빨아들인 것처럼 사라져 갔다.

"꺼어억!"

"잘 먹네."

"고향의 음식이니까. 특히 이 소금에 절인 돼지비계는 나에게는 형의 김치와 같은 의미를 가지고 있어."

"더 먹지그래?"

"내가 돼진가? 이 정도면 충분해."

정작 세바스찬 옆에는 빈 접시가 산더미처럼 쌓여 있었다.

무혁과 김성한 박사는 딱딱한 빵과 물로 식사를 해결했다.

식사가 끝나자 술이 준비되었다.

투박한 갈색 유리병에 든 술은 오크의 피처럼 녹색이었다.

"이쪽에서는 명주로 추앙받는 술입니다."

"새벽의 정령!"

"세바스찬 남작님은 역시 아시는군요."

"랭던 왕국 술 품평회에서 국왕상을 수상한 명주다. 우리 도멜 가문의 가전주이기도 하지. 그런데 이 술을 어떻게 구했나?"

"도멜 백작님에게 샀습니다."

"가전주를 돈을 받고 팔았다는 말인가?"

"그렇습니다. 술이 술이니만큼 꽤 비싸게 주고 샀습니다."

"흠……."

세바스찬의 표정이 심각해졌다.

맥도엘 대령이 있는 자리라 무혁은 반지를 사용해 물었다.

[왜 그래?]

[새벽의 정령은 특별한 날이나 의식이 있을 때만 사용하는 술이야. 그런 술을 그냥 하사한 것도 아니고 돈을 주고 팔았다니 별로 기분이 좋지 않아.]

[사정이 있었겠지.]

[바로 그 사정이 문제야. 난 지구에서 서양제국들이 어떻게 동양과 아프리카, 남미를 수탈했는지 공부했어. 이곳에서도 같은 일이 벌어지고 있는 것 아닐까?]

[너무 앞서 가진 말자.]

[형 말이 맞아.]

세바스찬은 따라진 새벽의 정령을 단숨에 들이켰다.

"캬~! 바로 이 맛이야."

무혁도 새벽의 정령을 맛보았다.

향기로운 꽃향기가 기분 좋게 코끝을 스친 후 시원한 단맛이 목을 타고 넘어갔다.

"이거 좋은데?"

김성한 박사도 감탄을 금치 못했다.

"이런저런 스피릿을 꽤나 마셔봤다고 자부하는데 이놈 정말 명품일세."

아니타의 평가는 조금 더 직설적이었다.

"와우! 끝장이에요."

술병이 비자 일행은 숙소로 돌아와 잠자리에 들었다.

샘팀에서의 첫날 밤.

저마다 생각이 많은 밤이었다.

*　　　*　　　*

작센 영지까지의 여행에 대한 고민은 쓸데없었던 것으로 판명 났다.

무혁의 여행 계획을 들은 맥도엘 대령은 기가 차다는 듯 너털웃음을 터뜨렸다.

"지금까지 세바스찬 남작님이 보낸 온갖 잡동사니들을 어떻게 작센 영지로 옮겼다고 생각하는 겁니까?"

"……."

"캠프 뉴욕에서 도멜 영지까지는 도로가 개통된 지 오랩니다. 도멜 영지와 작센 영지 간 역시 세바스찬 남작님이 보낸 컨테이너를 옮겨야 한다는 소식을 들으신 도멜 백작님께서

전폭적으로 지원해 주서서 도로를 뚫었구요."

맥도엘 대령은 뉴욕과 도멜 영지 간에는 매일 트럭 한 대가 물품을 싣고 왕복한다는 이야기도 해주었다.

"우리가 온 지 10년이라는 시간이 흘렀습니다. 도멜 영지에서 예전의 모습을 찾아보긴 정말 어려울 겁니다."

"그랬군요."

라면으로 아침을 대충 때운 일행은 맥도엘 대령과 안녕을 고한 다음 차량으로 향했다.

*　　　*　　　*

모두 4대의 차량이 출발을 준비 중이었다.

첫 번째 차량은 어젯밤에도 보았던 컨테이너를 매단 트레일러였다.

두 번째 차량은 흔히 볼 수 있는 8톤 카고 트럭이었다.

흔하다고는 했지만 결코 평범한 트럭은 아니었다.

카고 트럭의 짐칸 양측에는 두꺼운 철판이 덧대어져 있었고, 운전석 역시 튼튼한 철망으로 보강한 상태였다.

두 대형 차량의 앞뒤로 각각 한 대씩의 험비가 배치되자 출발 준비가 끝났다.

일행은 트레일러에 무혁과 아니타, 카고 트럭에 세바스찬과 김성한 박사로 나누어 탔다.

트레일러 운전사는 상당히 유쾌한 성격을 가진 20대 초반의 흑인 병사였다.

"넬슨 상병입니다. 지구를 원상 복구시키는 방법을 찾으러 오셨다면서요?"

"가능성일 뿐입니다. 장담할 수는 없죠."

"그거라도 어딥니까? 오지도 가지도 못하고 여기 짱 박혀 있으려니 좀이 쑤셔서요."

넬슨 상병은 유난히 밝게 행동했다.

그리고 보니 어제 오늘 만난 다른 병사들도 모두 그랬다.

'하긴, 캠프 뉴욕의 병사들은 모두 가족을 잃었어. 일부러라도 밝게 행동하지 않으면 돌아버릴 거야.'

무혁은 질문을 던졌다.

"생각보다 경호가 약한 편입니다."

"처음에는 브레들리와 스트라이커 MGS모델이 투입됐었습니다. 아~ 브레들리는 탱크처럼 캐터필러가 달린 장갑차이고, 스트라이커는 자동차처럼 바퀴가 8개 달린 장갑차입니다. 그리고 MGS모델은 스트라이커 중에서도 105㎜ 캐넌이 달린 놈이고요."

넬슨 상병은 무혁이 가장 좋아하는 말이 많은 타입의 남자였다.

무혁은 대화의 꼬리를 이어나갔다.

"군 시절 본 적이 있습니다."

"아~ 그러시군요. 제가 괜히 아는 척을 했네요."

"운전병보다야 많이 알까요. 전 특전사 출신이거든요."

"각자 전문 분야가 있다는 말이죠? 맞아요. 윗사람들은 그걸 모른다니까요."

"장갑차를 험비로 교체한 이유를 이야기하다 말았습니다."

"크크크, 내 정신 좀 봐. 그게 말입니다. 처음에는 몬스터들이 무진장 덤벼들었거든요. 장갑차도 많이 박살 났죠."

"그랬군요. 고생이 많으셨겠습니다."

"말도 마십시오. 지금도 그때를 생각하면 어제 먹은 햄버거가 넘어오려고 한다니까요. 어쨌든 잡고, 또 잡다 보니 몬스터들이 더 이상 나타나지 않았습니다."

아마도 철조망 안은 인간의 영역, 바깥은 몬스터의 영역. 이런 식으로 고유 영역이 정해진 것 같았다.

*　　　*　　　*

장벽의 철문이 열리고 차량들이 출발을 시작했다.

넬슨 상병은 액셀러레이터를 힘껏 밟으며 말했다.

"장갑차의 정비 문제도 있고 해서 경호 차량을 험비로 교체했죠. 험비라고 걱정할 필요는 없습니다. 최근 3개월 동안 고블린 한 마리 나타난 적이 없거든요."

"그랬군요. 다 여러분 덕분입니다."

"하하하. 그건 그렇고… 혹시 없습니까?"

"뭐 말입니까?"

넬슨 상병이 손을 입에 가져다 대며 말했다.

"담배 말입니다, 담배. 담배가 보급되지 않은 지 두 달쨉니다."

"담배는 안 피웁니다. 그런데 왜 담배 보급이 중단된 겁니까?"

"한국 정부의 높으신 양반이 어느 날 아침 똥을 싸다가 갑자기 우리의 건강이 걱정됐답니다. 미치고 팔짝뛸 노릇이죠."

"……"

뭐라 할 말이 없었다.

무혁은 주머니에 있던 초코바를 꺼냈다.

"이거라도 드시겠습니까?"

"하~ 이놈도 오랜만이네요. 초코바 보급은 2년 전에 끊겼죠."

"한국에는 코코아나무가 없으니까요. 커피, 후추, 고무나무도 말입니다."

"어쩔 수 없다는 건 알지만 마음이 아픕니다. 자칫 잘못하면 죽을 때까지 한 잔의 커피도 못 마실 수도 있겠다 하는 생각을 하다 보면 정신이 아찔해집니다."

한입에 초코바를 털어 넣은 넬슨을 보며 아니타가 말했다.

"이곳의 날씨라면 코코아나 커피를 재배할 수 있을 텐데요."

넬슨이 반색을 했다.

"그렇군요. 나중에 지구에 돌아가시면 꼭 묘목을 보내주십시오. 목숨을 걸고 키워 보이죠."

"알겠습니다."

대답은 했지만 그 일이 이뤄지려면 최소 2년이 필요했다.

한국 정부가 바보가 아닌 이상 커피나무와 코코아나무는 몰라도 산업에 필수적인 고무나무를 생텀에서 키우겠다는 생각을 하지 않았을 리 없다.

문제는 묘목을 가져오려면 길고 위험한 여행이 필수적이었고, 원정대의 호위를 위해 무혁과 세바스찬과 로미가 따라가야 했다.

처리할 문제가 산적한 정부는 재생고무를 사용하는 식으로 근본적인 문제 해결을 뒤로 밀어버렸다.

필수적인 고무의 경우마저 이 지경이니 기호품의 수급은 우선순위에서 한참 뒤로 밀려 버린 상황이었다.

*　　　*　　　*

잘 다져진 비포장 길을 4시간 정도 달리자 어마어마한 넓이의 강이 나타났다.

세바스찬이 이야기했던 야그스트 강이다.

야그스트 강 건너편에서 차량을 실을 바지선이 다가왔다.

강변에 차를 멈춘 넬슨 상병이 봉지 하나씩을 건네주었다.

"바지선에 차를 싣고 나면 먹을 점심입니다. 우리 요리사의 특제 햄버거죠. 우리는 몬스터 버거라고 부릅니다."

"오크 고기로라도 만든 겁니까?"

"하하하, 말이 그렇다는 거죠. 그냥 쇠고깁니다."

"아~ 그렇군요."

바보가 된 기분이었다.

'빨리 적응하지 않으면 정말로 바보가 될지도 몰라.'

이미 자신 몫의 햄버거를 절반쯤 먹어치운 세바스찬이 다가왔다.

"야그스트 강이야. 저 강을 따라 내려가면 작센 영지가 나오지."

"감회가 새롭겠구나."

"응, 생각이 많아. 영지가 어떻게 변해 있을지, 또 어떻게 발전시켜야 할지 등등."

"지도자의 덕목은 생각하는 게 아니라 생각하는 사람들의 의견을 듣고 결정하고 그들이 계획을 추진하도록 힘을 실어

주는 것이라고 생각해."

"말은 쉽지. 하지만 열심히 할 거야. 보아하니 동생도 열심인 것 같으니 말이야."

"도멜 백작은 어떤 사람이지?"

"나와 달리 몸은 약한데 엄청나게 똑똑해. 난세에는 몰라도 평화 시에는 정말로 좋은 영주가 될 아이지."

"좋겠다. 형제가 있어서."

"형에게는 내가 있잖아. 내 동생도 형의 동생이 될 테고."

"그렇게 됐으면 좋겠다."

"그렇게 될 거야."

바지선이 도착하고 차량이 실렸다.

무혁은 그제야 햄버거를 먹기 시작했다.

"이거 좋은데?"

"맛있더라고."

"하~ 이제 햄버거도 2년간은 끝이구나."

"크크크, 만들어 먹으면 되지. 마요네즈야 달걀하고 식초만 있으면 되고……. 흠, 케첩이 문제군."

"없으면 없는 대로 있으면 있는 대로."

"이제 좀 형다워지네."

"……."

"생텀은 지구가 아니야. 형만큼의 실력자가 백사장의 모래알만큼 많다구. 그러니 지금부터 그렇게 긴장해서는 제풀에

지쳐 넘어질 거야. 요는 긴장 풀라는 이야기지."

다시 한 번 무혁의 긴장에 대해 잔소리를 늘어놓는 세바스
찬이다.

"큼, 그럼 너 정도의 실력자는?"

"3명뿐이지. 크크크크."

"잘났다, 정말."

"암, 잘났지. 자그마치 소드마스터라구. 데오도르가 보면
얼마나 좋아할까?"

집나간 형이 소드마스터가 되어 돌아왔다.

삼류 신파극의 소재로도 부적합한 진부한 스토리다.

'그러나 삼류 신파가 꼭 나쁜 것만은 아니잖아. 감동이 있
고, 무엇보다 해피 엔딩이거든.'

야그스트 강을 건너자 풍경이 일변했다.

지긋지긋할 만큼 우거졌던 숲은 사라졌고 드넓은 평야가
모습을 드러냈다.

평야에는 노란 밀이 익어가고 있었다.

길 양편으로 드문드문 자리 잡은 작은 마을의 사람들은 차
를 보면서도 별다른 반응을 보이지 않았다.

아이들만이 웃으며 손을 흔들어줄 뿐이었다.

그만큼 익숙해졌다는 이야기다.

따지고 보면 생텀 코퍼레이션이 생텀에 진출한 지도 10년
이 훌쩍 지났다.

좋든 싫든 도멜 백작령은 캠프 뉴욕의 영향력 안에 있었고 강요된 변화를 경험해야 했다.

남프랑스의 밀밭을 연상시키는 광경이 끝도 없이 이어졌다.

한가롭게 풀을 뜯는 소와 양떼가 도멜 영지의 풍요로움을 대변해 주고 있었다.

30분 정도를 이동하니 검문소가 등장했다.

통나무를 쌓아 올린 검무소를 지키고 있는 사람은 4명의 나이 지긋한 병사였다.

조장쯤으로 병사 한 명이 선두 험비에서 내민 서류를 검토했다.

"오늘은 평소보다 4명이 많네? 어~ 이 이름은……."

병사는 뒤를 돌아보며 소리쳤다.

"세바스찬 도련님이 돌아오셨어."

"뭐야?"

"정말?"

"세상에… 어디, 어디."

병사들이 트레일러로 달려왔다.

세바스찬이 멋쩍은 웃음으로 병사들을 맞이했다.

조장과 세바스찬은 아는 사이였다.

"아이고~! 세바스찬 도련님. 살아 오셨군요."

"토마스 영감도 살아 있었네. 그런데 아직도 병사야?"

"이젠 조장입니다요. 이 초소를 맡고 있습죠."

"하하하, 축하해. 어렸을 적에 토마스 영감이랑 토끼 잡으러 뛰어다닌 기억이 선명해."

"저도입니다요. 블랙 포레스트로 들어가셨다는 이야기를 듣고 얼마나 걱정을 했는지요. 그나저나 도련님, 하나도 안 변하셨습니다."

"많이 변했어. 사실은 말야."

세바스찬은 토마스의 귀에 대고 속삭였다.

토마스가 기겁을 했다.

"헉~ 정말입니까요?"

"내가 왜 거짓말을 하겠어."

"세상에……. 유리아 님, 아리스 님. 감사합니다, 감사합니다."

"한 분한테만 감사하라구. 두 여신님이 질투하실라."

"에이, 여신님이 무슨 질투를 하신다고 그러십니까. 아니, 이럴 게 아니죠. 이 기쁜 소식을 빨리 성에 전해야겠습니다."

"무리하지 마. 차로 가는 편이 빨라."

"껄껄껄, 예전의 도멜 영지가 아닙죠. 하인켈, 얼른 성에 연락해. 세바스찬 도련님이 돌아오셨다고 말이야. 그리고 세바스찬 도련님이 소드마스터가 되셨다는 말도 빼먹으면 안 되네!'

병사들은 연락은 뒷전이고 세바스찬에게 몰려와 감사와 치하를 보냈다.

"축하드립니다, 세바스찬 남작님."

"정말 축하드립니다, 남작님."

"우리 영지에 다시 한 번 소드마스터가 탄생했군요. 진심으로 축하드립니다."

병사들은 자리라도 펴고 잔치를 벌일 기세였다.

토마스가 소리쳤다.

"하인켈, 빨리 서두르지 못해!"

"알겠수다, 조장."

하인켈이 초소로 들어갔다.

호기심이 발동한 무혁은 하인켈을 따라가 보았다.

또, 또— 또, 또, 또—…….

하인켈이 더없이 진지한 표정으로 전신기를 두드리고 있었다.

모스 부호였다.

뒤따라온 넬슨 상병이 말했다.

"영지 외곽의 초소와 도멜 성 간에 전신을 깔았죠. 가까운 영지들에도 연결하려는 계획이 있었는데 그놈의 둠스데이 임팩트인지 뭔지 하는 것 때문에 자재가 공급이 딸려 중단되었구요."

"하는 김에 전화로 하지 왜 전신을……."

"저도 그렇게 생각했지만 윗분들이 보따리는 한꺼번에 푸는 게 아니라고 하더군요."

"⋯⋯."

생텀에서도 지구식 경제 논리는 작동하고 있었다.

제63장

도멜 백작령

Sanctum

　눈물을 흘리며 손을 흔드는 병사들을 뒤로하고 다시 출발한 차량들은 1시간 정도를 더 달려 도멜 성 외각에 도착했다.

　무혁은 40m는 되어 보이는 높이를 자랑하는 장대한 성벽과 그 성벽 너머로 보이는 뾰족한 첨탑들의 모습에 압도되었다.

　"엄청나군요."

　"도멜 영지의 성들은 모두 성벽이 기가 턱하고 막힐 정도로 높죠. 뭐라더라? 맞다, 오크 웨이브 때문이라고 하더군요. 10년에 한 번 정도 블랙 포레스트의 몬스터들이 미쳐 날뛰며 침공을 해 온대요."

"직접 본 적이 있습니까?"

"아뇨. 요즘은 몇몇 용감한 영지민이 블랙 포레스트의 야그스트 강 인근 숲을 개간할 정도인걸요."

"치안이 많이 좋아졌나 봅니다."

"크크크, 우리가 워낙에 몬스터를 많이 때려잡았어야죠. 최소한 캠프 뉴욕 이쪽 숲에서는 몬스터를 찾아보기 힘들 겁니다."

차량 행렬은 성으로 들어가지 않고 성 외각에 설치된 교역소로 향했다.

교역소는 4층 높이의 벽돌 건물이었다.

"저곳이 백화점이군요."

"지구 기준으로 하면 잡화상이라고 할 수 있지만 일단은 백화점이라고 부릅니다. 있어 보이잖아요."

교역소 주변은 금요일 밤 홍대처럼 인파로 들끓고 있었다.

"사람이 많네요."

"항상 많긴 하지만 오늘은 유별나게 많네요."

행렬이 다다가자 인파가 홍해 열리듯 옆으로 비켜났다.

그 끝에 풀 플레이트 갑옷을 입은 20여 명의 기사가 말을 타고 도열해 있는 모습이 보였다.

기사들의 중앙에는 화려한 예복을 차려 입은 젊은 청년이 백마에 앉아 있었다.

"도멜 백작이 직접 나왔군요. 기사들은 도멜 영지의 기사단인 푸른 늑대 기사단입니다. 기사는 인간이 아닌 괴물들입니다, 괴물들."

넬슨 상병이 침을 튀기며 기사들의 위용을 설명했다.

장난기가 발동한 무혁은 넌지시 말했다.

"내가 저들보다 더 강할걸요."

"크크크, 그런 농담 마십시오. 뭐, 지구를 이전 상태로 되돌리겠다는 엄청난 임무를 띠고 오셨으니 나름 한가락 하시겠지만, 지구에서나 통하는 무력입니다. 저들과 붙으면… 어휴~ 생각만 해도 끔찍합니다."

차가 멈추기도 전에 뛰어내린 세바스찬이 앞으로 달려가는 모습이 보였다.

그에 맞춰 도멜 백작도 백마에서 내려섰다.

도멜 백작 앞에 도착한 세바스찬이 오른쪽 무릎을 꿇고 오른 주먹을 왼쪽 가슴에 대며 우렁차게 소리쳤다.

"신, 세바스찬 폰 도멜 남작. 여행을 마치고 돌아왔습니다."

동생이지만 대외적인 장소에서는 깍듯하게 영주로 대우를 한다.

무혁은 살짝 감동했다.

'멋지잖아! 우리 세바스찬!'

도멜 백작도 위엄을 잃지 않고 엄숙하게 대답했다.

"잘 돌아오셨습니다, 세바스찬 남작. 정말 잘 돌아오셨습니다."

"영지의 안위를 책임져야 할 영주가 오랜 기간 그 책무를 다하지 못한 죄를 청합니다."

"세바스찬 남작이 보낸 대리자들이 작센 영지를 잘 다스리고 있으니 그 죄는 사합니다."

"가문을 수호해야 할 장자가 오랫동안 자리를 비웠습니다. 그 죄를 청합니다."

"가문에는 아무 이상이 없었고, 장자는 소드마스터가 되어 돌아왔습니다. 가문의 명예를 한없이 드높였으니 그 죄 또한 사합니다."

형제이지만 군신 간이기도 한 두 사람의 대화를 듣던 영지민들이 웅성거리기 시작했다.

"영주님이 소드마스터라고 하셨나?"

"나도 그렇게 들었어."

"정말 세바스찬 남작님이 소드마스터가 되신 건가?"

"영주님이 거짓말할 이유가 없으니 그런 거겠지."

"세상에, 소드마스터라니…… 몇 년 만이지?"

"300년 만인가?"

"320년이야."

"중요한 건 그게 아니잖아."

"맞아. 도멜 가문에 소드마스터가 탄생한 거야."

"도멜 가문! 두 번째 소드마스터의 탄생이다."

웅성거림은 환호로 변해갔다.

"소드마스터!"

"도멜 백작님 만세!"

"세바스찬 남작님 만세!"

"도멜 영지 만세!"

"소드마스터!"

"소드마스터!"

환호가 열광으로 변하자 도멜 백작이 손을 들었다.

영지민들이 그 손짓 한 번에 잘 훈련된 병사들처럼 입을 다물었다.

도멜 백작은 터져 나오는 웃음을 억지로 참는지 입술을 실룩거리며 말했다.

"세바스찬 남작은 나에게 자신의 무용을 증명하라."

"신, 백작님의 명을 받듭니다."

세바스찬이 일어났다.

시범을 보이려면 검이 필요하다.

'젠장, 정말로 멋있잖아.'

무혁은 구시렁대며 바스타드 소드를 가져다주었다.

"짱이다!"

"멋지지? 우리 가문이 이 정도야."

"큼, 그놈의 잘난 척은……."

도멜 백작이 물었다.

"이 사람은 누구인가?"

"차후 말씀드리겠습니다. 우선!"

세바스찬이 바스타드 소드를 지팡이 삼아 몸을 일으켰다.

"흐합!"

검을 하늘로 치켜든 세바스찬이 기합을 질렀다.

부우우우웅!

주변의 공기가 진동하기 시작했다.

구구구구구.

공기가 회오리치며 거센 바람을 일으켰다.

쫘르르릉!

땅도 하늘도 공기와 함께 울부짖었다.

세바스찬의 신형이 천천히 허공으로 떠올랐다.

모든 사람이 볼 수 있게 충분히 상승한 세바스찬이 유려한 몸짓으로 바스타드 소드를 휘둘렀다.

부우우웅!

아름드리나무보다 큰 오러가 반월 형태로 쏘아져 나갔다.

오러의 목표는 백화점 근처의 집채만 한 바위였다.

스캉!

오러는 거대한 바위를 두 조각내고 사라졌다.

쫘르르릉!

사선으로 잘린 바위가 무너져 내렸다.

잠시 침묵이 공간을 지배했고… 곧이어!

"와~!"

"만세!"

"만세!"

우레와 같은 함성이 터져 나왔다.

그것은 기쁨이고 환희였다.

또한 어떤 이들에게 보여주는 과시이기도 했다.

무혁은 과시의 대상이 누구일까 생각했다.

'지구인이겠지.'

인간은 배가 고프면 밥을 주는 사람을 따른다.

배가 부르면 옷을 주는 사람을 따른다.

옷을 입어 따뜻해지면 집을 주는 사람을 찾는다.

그리고 의식주가 모두 충족되면 그때야 자존심을 거론한다.

세바스찬은 영지민의 부서진 자존심의 대변자였다.

무혁의 생각을 반증이라도 하는 것처럼 도멜 백작이 소리쳤다.

"오늘은 기쁜 날이다. 영주로서 명하노니 모든 식당과 주점과 여관의 창고의 문을 활짝 열어라. 모든 비용은 내가 지불할 것이다. 영지민들이여! 마시고 즐기며 도멜 가문의 영광을 찬양하라."

"와~!"

"영주님. 만세!"

"만세! 만세!"

다시 한 번 폭풍과 같은 함성이 백화점 앞 공터를 휩쓸고 지나갔다.

도멜 백작은 세바스찬의 말처럼 꽤나 영리한 인물이었다.

*   *   *

도멜 백작은 일행을 영주성으로 초대했다.

세바스찬은 도멜 백작과 함께 말머리를 나란히 했고, 일행은 미리 준비된 마차에 올라 영주성으로 향했다.

무혁은 영주성으로 가는 길에 맞닥뜨린 도로를 가득 채운 자전거의 물결에 깊은 인상을 받았다.

도로 양측에 설치된 전기 가로등 역시 인상적이긴 마찬가지였다.

"유네스코 문화유산으로 등재된 유럽의 어느 중세도시 같은 느낌입니다."

담담한 아니타와 달리 김성한 박사는 크리스마스 선물을 열어보는 아이와 같이 흥분했다.

"그렇군. 정말 황홀한 경험이야. 저 하수구 보이나? 산에서 흘러나오는 계곡물을 이용해 자연적으로 오수를 배출하는 방식 같은데? 오호~ 건물 양식은 헝가리―오스트리아 제국 양식과 흡사해. 미치겠군. 이런 중요한 순간에 카메라를 놔두고 왔다니."

무혁은 도저히 대화를 할 만한 상태가 아닌 김성한 박사는 내버려 두고, 대신 일행의 안내를 위해 동승한 노집사에게 질문을 던졌다.

"가로등뿐만 아니라 가정집에도 전등이 설치된 것 같은데… 전기는 어디서 끌어옵니까?"

"처음에는 포레스트 인들이 제공해 준 디젤 발전기를 사용해 영주성에만 전기를 밝혔었습니다. 그러다 전기의 효용성에 깊은 감명을 받으신 영주님의 결단으로 뒷산에 저수지를 건설하고 수력발전 설비를 설치했습니다."

"다른 영지들도 모두 전기를 사용합니까?"

"그건 아닙니다. 수력발전 설비가 워낙에 비싸야죠. 다른 영지들에는 그 뭐라더라. 아~ 태양광 발전을 통해 영주관에만 전기를 공급합니다, 무혁 님."

"공짜는 아니겠지요?"

"당연합니다. 태양광 발전 설비를 설치하기 위해 각 영주님들 곳간이 꽤나 비었다고 들었습니다, 무혁 님."

두께가 50㎝는 철판으로 보강된 거대한 나무 성문을 지나자 영주성이 모습을 드러냈다.

"도멜 백작령의 수도이자 도멜 가문의 상징인 '푸른 늑대성' 입니다."

푸른 늑대성은 아름답다기보다는 철저하게 외부의 침략에

최적화된 구조를 가진 실용성 만점의 성이었다.

"멋있습니다."

노집사가 무혁의 마음을 읽었는지 웃으며 말했다.

"아무리 좋게 봐줘도 아름다운 성은 아니죠. 하지만 600년 도멜 가문의 역사 속에서 단 한 번도 함락된 적 없는 불패의 성입니다."

"그렇군요."

현대 문명에 맞선 성들이 어떻게 최후를 맞았는지 굳이 설명할 생각은 들지 않았다.

노집사는 자부심에 가득 차 있었고 무혁은 그런 모습이 보기 좋다고 생각했다.

*   *   *

무혁에게 배정된 방은 도멜 성이 한눈에 내려다보이는 최상층의 귀빈실이었다.

노집사는 귀빈실이라는 점을 특히 강조했다.

"영주님의 침실을 포함해 푸른 늑대성에서 가장 좋은 방입니다."

"저보다는 김 박사님이 쓰셔야 할 것 같은데요."

"김성한 박사님은 서재 바로 옆방을 치워 침실로 만들어 드렸습니다. 무척 기뻐하시더군요. 그리고 레이디 아니타 님의 방은 무혁 님의 바로 옆방입니다."

이동 시에도 느꼈지만 꽤나 유능한 집사다.

"두 시간 후에 저녁 만찬이 시작됩니다."

"옷은 어떻게 입어야 합니까?"

"세바스찬 도련님이 편하게 입게 하시라고 신신당부하셨습니다. 포레스트 인은 격식을 무척 싫어하신다면서요."

"감사합니다."

노집사가 나가자 무혁은 방을 둘러보았다.

귀빈실이라고는 하지만 무혁의 기준으로도 검소한 방이다.

벽에 걸린 싸구려 벽시계와 천정 매달린 비단 갓으로 장식된 길쭉한 형광등이 무척 생뚱맞게 보였다.

'도멜 백작가의 가풍을 엿볼 수 있는 걸까? 아니면 가난했던 지난날의 흔적일까?'

잠시 휴식을 취한 무혁은 젊은 시종의 안내에 따라 만찬장으로 향했다.

만찬장에는 30~40명 정도의 사람이 모여 대화를 나누고 있었다.

10명 정도는 귀족으로 보였고 나머지 인원은 약식 갑옷을 걸친 것으로 보아 기사들인 것 같았다.

노집사가 만찬장으로 들어가려는 무혁을 잠시 멈추게 한

다음 큰 목소리로 입장을 알렸다.

"대한민국의 전권대사이신 문무혁 님이 입장하십니다. 신들께서 부여하신 고귀한 혈통에 걸맞게 귀족과 기사님들께서는 예를 갖춰주십시오."

전권대사라니······.

세바스찬이 꽤나 크게 허풍을 친 모양이다.

귀족과 기사들이 일사불란하게 벽 쪽으로 물러나 입구의 무혁을 바라보았다.

무혁은 억지 미소를 지으며 노집사에게 속삭였다.

"꼭 이래야 되는 겁니까? 조금 어색하군요."

"최근 20년 동안 도멜 성을 방문해 주신 여러 귀빈분 중에서 무혁 님이 최고의 직위를 가지신 분이십니다. 저희로서는 최선을 다할 수밖에 없지요."

어디까지나 공손하고 그러면서도 자기 할 말을 다하는 노집사다.

무혁은 헛기침으로 무안함을 떨쳐 버리고 만찬장으로 들어갔다.

'동물원의 원숭이가 된 기분이야. 옷이라도 젊잖게 입고 올걸.'

지금 무혁이 걸치고 있는 옷은 두꺼운 전투화에 디지털 패턴의 군복 바지, 그리고 헐렁한 티셔츠가 전부다.

지금이라도 갈아입고 올까 하는 찰나에 노집사가 다시 소리를 질렀다.

"대한민국 한림원 종신 교수이신 김성한 박사님이 입장하십니다. 신들께서 부여하신 고귀한 혈통에 걸맞게 귀족과 기사님들께서는 현자를 맞이하는 공경의 예를 갖춰주십시오."

김성한 박사를 소개하는 노집사의 형용사가 한층 어마어마해졌다.

'현자라니……'

만찬장으로 들어서는 김성한 박사를 본 순간 무혁은 깊은 배신감을 느꼈다.

김성한 박사는 어떻게 가져왔는지 멋진 턱시도를 입고 있었다.

무혁은 귀족과 기사들의 눈길에 일일이 손을 들어 답해주고 있던 김성한 박사에게 다가가 물었다.

"그 옷은 어디서 나셨습니까?"

"어~ 무혁 군, 그 옷차림은 뭔가?"

"그러니까 그 옷은 어디서 나셨냐구요."

"이런 일이 있을 줄 알고 챙겨 왔지. 학회 만찬에서 입던 옷인데 어울리나?"

"미리 귀띔 좀 해주시지 않구요."

"난 마지막 순간에 합류했다는 걸 잊지 말게."

"……"

다시 노집사의 목소리가 울려 퍼졌다.

무혁과 김성한 박사를 소개하던 때보다 배는 큰 목소리다.

"콩고 왕국, 베르가 국왕님의 영예이신 아니타 아나엘르 마리나 오세안느 베르가 공주님께서 랭던 왕국, 국왕 페드릭 아이버슨 도슨 하이라인 12세 폐하로부터 권한을 위임받으신, 도멜 백작령의 지배자 데오도르 폰 도멜 백작님의 초대에 응하시는 기품을 보이셨습니다. 신들께서 부여하신 고귀한 혈통에 걸맞게 귀족과 기사들은 고귀하고 축복받으셨으며 아름다우신 아니타 아나엘르 마리나 오세안느 베르가 공주님께 자신의 명예를 드러내십시오."

무혁은 보통 사람이라면 숨이 막혀 쓰러질 만큼 긴 소개를 한숨에 내뱉은 노집사의 정력에 경의를 표했다.

그렇더라도 어마어마하다 못해 기가 막힐 만한 소개다.

어쨌거나 소개는 먹혔다.

보라색 드레스를 갖춰 입은 아니타가 입장하자 도멜 백작이 앞으로 나가 그녀를 에스코트했다.

동시에 귀족과 기사들이 일사불란하게 예를 표했다.

착!

멋있기도 하고 살짝 샘도 났다.

무혁은 입을 쩍 벌리고 감탄하고 있는 김성한 박사에게 물었다.

"아니타가 공주였던가요?"

"추장의 딸이니 완전히 거짓말은 아니지."

"이름은요?"

"내가 알기로는 아니타 베르가인데…… . 중간 이름이 많아졌네그려."

"세바스찬!"

무혁은 만찬장 안쪽에서 죽어라 웃음을 참고 있는 세바스찬을 노려보았다.

"우리가 홀대받지 않았으면 하는 세바스찬의 배려야. 생텀은 귀족 우위의 사회고 이름 뒤에 붙는 호칭이 그 사람의 인격이고 권력이거든."

"큼, 압니다. 그런데 제 소개가 제일 짧네요."

"짧지만 더할 나위 없이 강력한 소개였지. 생각해 보게. 대한민국의 전권대사이니 바로 대통령과 동급이란 의미 아닌가. 저들 입장에서는 그 강력한 포레스트 인의 지도자가 직접 방문한 거나 진배가 없는 셈이지."

"그랬군요."

"그렇다네. 그런데 전권 대리인의 옷 꼴이 그게 뭔가?"

"……."

백작 부인으로 보이는 아름다운 귀부인에게 아니타를 맡긴 도멜 백작이 귀족들을 소개해 주었다.

"이 사람은 헹켈 남작령의 영주이신 란돌프 폰 헹켈 남작입니다."

"란돌프 혼 헹켈 남작입니다. 대한민국의 전권대사인 문무혁 님을 뵙게 되어 영광입니다."

"문무혁입니다."

"이 사람은 뮤겐 자작령의 영주인 테오돈 폰 하인켈 자작입니다."

"테오돈 폰 뮤겐 자작입니다. 먼 길 오시느라 수고하셨습니다."

"문무혁입니다."

"이 사람은……."

귀족들과의 인사는 이렇게 예의를 갖춰 진행되었다.

그러나 젊은 기사들과의 인사는 조금 다른 양상으로 진행되었다.

"푸른 늑대 기사단의 아이버슨 아돌입니다. 에릭 맥도엘 대령이 전권대사인 줄 알았는데 또 전권대사가 오셨군요. 대한민국이란 나라는 전권대사가 흔한 직책인가 봅니다."

처음부터 도전적인 어투다.

'그래, 젊은 기사들이 이 정도 패기도 없으면 안 되지.'

무혁은 아이버슨 아돌이 마음에 들었다.

하지만 마음에 들었다고 해서 져줄 생각은 추호도 없다.

"에릭 맥도엘 대령은 60만 강군을 자랑하는 대한민국 군대에 존재하는 2,000여 명의 대령 중 한 명일 뿐입니다. 그가 자신을 전권대사라고 소개했나요?"

60만명의 강군이란 말을 들은 아이버슨 아돌이 움찔했다.

"그렇지는 않습니다. 다만 그가 모든 일에 대한 결정권을 행사하기에 그렇게 생각했습니다."

"에릭 맥도엘 대령은 대한민국 국군, 도멜 영지 파견대의 책임자입니다. 그리고 나는 대한민국의 통수권자인 대통령의 전권을 위임받은 대리인이구요. 설명이 됐습니까?"

"아!"

분위기가 썰렁해지자 도멜 백작이 나섰다.

"아이버슨 경, 이 무슨 무례인가. 문무혁 님은 대한민국의 전권대사이시네. 게다가 소드마스터이자 작센 영지의 영주이자 내 형이기도 한 세바스찬 폰 도멜 남작의 의형이시고도 하고! 따지고 보면 나 도멜의 큰형뻘이란 말일세."

소드마스터, 의형이란 단어는 무를 숭상하는 기사에게 마법과 같은 효력을 발휘했다.

아이버슨 아돌이 예를 표하며 사죄했다.

"죄… 죄송합니다. 무례를 사죄드립니다."

이쯤에서 너그러움을 보여줄 시간이다.

"하하하하, 도멜 백작님은 좋으시겠습니다."

"무슨 뜻이신지."

"젊은 기사가 이리 패기가 있으니 말입니다. 아이버슨 경만 봐도 아이버슨 경이 속해 있는 푸른 늑대 기사단이 얼마나 아리스 여신님의 총애를 받고 있는지 미루어 짐작할 수 있겠습니다."

아리스 여신을 들먹인 칭찬이 도멜 백작을 춤추게 했다.

"하하하. 제 입으로 할 말은 아니지만 푸른 늑대 기사단은 랭던 왕국 최강의 기사단이라고 자부합니다."

무혁과 도멜 백작의 대화를 들은 기사들은 더 이상 무례한 행동을 하지 않았다.

기사들은 무혁에게 정중하게 인사를 했다.

무혁도 칭찬을 아끼지 않았다.

다만 그 덕분에 자리로 돌아가는 아이버슨 아돌의 표정이 일그러지고 있다는 사실을 발견하지 못했다.

만찬은 순조롭게 진행되었다.

요리도 캠프 뉴욕에서 먹었던 현지식과는 차원이 다르게 정갈했고 맛도 좋았다.

만찬이 끝나자 도멜 백작은 세바스찬과 무혁을 자신의 집무실로 안내했다.

"이제야 겨우 편하게 이야기할 수 있겠어, 형."

"크크크, 능구렁이 같은 귀족들 앞에서는 항상 조심해야 해."

"안 그래도 형이 소드마스터가 됐다는 소릴 듣자마자 작위를 넘기는 편이 가문을 위해 좋지 않겠냐고 하던데?"

세바스찬이 콧방귀를 뀌었다.

"킁, 노망난 늙은이들 같으니라고."

도멜 백작이 웃으며 말했다.

"나도 그 늙은이들하고 같은 생각인데? 이제 형이 맡지그래?"

"영지를 말아먹을 생각이야? 난 힘, 넌 머리. 우린 가는 길이 달라."

"머리라고 해봤자……."

도멜 백작이 무혁의 눈치를 보더니 말했다.

"포레스트 인에 비하면 오크 대가리지 뭐."

"지식과 지혜는 다른 법이야. 명심해. 난 영지에 전혀 관심이 없어."

"……."

두 형제의 대화에 끼지 못해 꿔다놓은 보릿자루 신세가 된 무혁이다.

멍하게 있기도 뭐해, 무혁은 만찬에 등장했던 요리를 칭찬했다.

"요리가 참 좋았습니다."

"요리사들에게 포레스트 인들의 레시피를 익히게 했습니다. 그 덕에 요리가 맛있어졌죠."

"그랬군요."

세바스찬은 다른 생각을 가지고 있었다.

"캠프 뉴욕에서 선대 때부터 주방을 맡았던 요리사의 요리를 먹었어. 그를 왜 내보낸 거야?"

"포레스트 인의 레시피를 익히라고 명령했더니 그만두겠다고 하더라고. 그래서 내보냈지. 변화를 두려워하는 마인드로는 살아남지 못해."

"변화라……."

"형도 그렇겠지만 나는 도멜 영지를 최고의 영지로 만들고 싶어. 그러기 위해서는 영지 전체를 뜯어고쳐야 해. 그 과정에서 변화의 속도에 따라오지 못하는 자는 도태되는 거고."

"변화에는 장점도 있지만 단점도 있어. 단점의 폐해를 살피고 고쳐 나가는 것이 영주된 자의 임무야."

"평시라면 그렇겠지. 하지만 지금은……."

도멜 백작이 목소리를 낮췄다.

"그 어느 때보다 난세야. 왕국이 심상치 않아."

"왕국이?"

"현 국왕이신 하이라인 12세께서 와병 중이야. 때문에 국왕의 동생인 카이런 공작이 국왕 대리로 국정을 보살피고 있어."

"국왕 폐하에게는 장성한 왕자가 있을 텐데. 에드윈 왕자라고 했던가?"

"맞아, 에드윈 왕자. 에드윈 왕자는 카이런 공작이 왕위를 찬탈하려 한다고 의심하고 있어. 문제는 카이런 공작에 비해 에드윈 왕자의 세력이 한참 보잘것없거든."

"권력 싸움에는 관심 없어."

"나도 마찬가지야. 그런데 에드윈 왕자는 우리와 달라. 그가 라스토니아 왕국과 줄을 대고 있다는 이야기가 수도에 파다해."

"미친놈."

"알다시피 에드윈 왕자의 어머니이자 현 왕비가 라스토니아 왕국 출신이잖아. 충분히 가능한 이야기지."

무혁은 정작 왕위 찬탈전보다 정보의 출처가 더 궁금했다.

생텀의 사정상, 그리고 도멜 영지의 위치상 본국의 정보를 이토록 상세하게 파악하기란 여간 어려운 일이 아니다.

"정보가 자세합니다. 혹시 어떻게 얻었는지 물어봐도 될까요?"

"당연합니다. 그전에 그 말투 좀 고치세요. 형의 형이면 저에게도 형입니다."

평생을 귀족으로 살아온 도멜 백작이 단순히 대륙식 셈법만으로 호형호제를 요청했다고는 생각되지 않았다.

모르긴 몰라도 세바스찬이 온갖 미사여구로 무혁을 띄워 놓았음이 분명했다.

고맙기도 했지만 한편으로 부담스럽기도 했다.

'전권대사라니… 원.'

세바스찬이 빙긋 웃으며 동생을 도왔다.

"그렇게 해, 형. 형은 나에게 반말하고 동생에게는 존대하는 것도 우습잖아."

"뭐… 그렇게 하지. 그래, 그러자."

"하하하, 형이 한 명 생겨서 정말 좋습니다. 그럼 조금 전 질문에 답하죠. 정보는 수도에 설립한 여관에서 주로 얻습니다."

"여관이라고요?"

"이름은 여관이지만 서비스는 포레스트 인들의 호텔을 본 따서 하고 있습니다. 레스토랑도 있고, 룸이 있는 술집도 있고, 사우나도 있고, 수영장도 만들었죠. 지금은 수도의 명소로 자리 잡았습니다."

일종의 과거 대한민국의 요정 정치다.

'머리 좋은데?'

중세의 마인드로 정보의 중요성을 간파하고 실행에 옮겼다.

상재도 있어 보이고 머리도 좋다.

무혁은 도멜 백작이 점점 더 마음에 들었다.

그러나 그에게 문제가 전혀 없는 것은 아니었다.

도멜 백작에게서는 젊은 지도자 특유의 아집이 엿보였다.

지도자는 앞장서 이끌어 사람이지 뒤에서 채찍질하는 사람이 아니다.

'아서라. 내가 나설 일이 아니야.'

무혁은 입까지 튀어나왔던 충고를 다시 집어삼키고 말았다.

다음 날부터 무혁은 생텀 적응 훈련(?)을 했다.

혼자 마을을 탐험했고 주점에서 맥주를 마셨으며 일부러 여관에서 잠을 잤다.

몇몇 사람과 이야기도 나누었고 그러다가 술친구가 된 사람도 생겼다.

물론 실수도 많았다.

냉장고가 없다는 지극히 평범한 사실을 망각하고 미지근한 맥주 온도를 불평했다가 미친놈 취급을 받기도 했고, 자기 몸보다 큰 보따리를 지고 가는 아가씨를 도와줬다가 마을 사람들로부터 몰매를 맞을 뻔하기도 했다.

무혁은 이런저런 문제들을 대화와 약간의 주먹으로 풀어나갔다.

사실 가장 견디기 힘든 건 사람과의 만남이 아니라 밤 시간이었다.

도멜 성 영지민들은 해가 지면 몇몇 술꾼을 제외하고는 모두 집으로 돌아가 가족과 시간을 보냈다.

외롭게 저녁을 먹고 조용한 여관방 침대에 누워 있노라면 짙은 고독이 밀려왔다.

누가 보고 싶다거나, 마음이 아린다거나 하는 종류의 고독이 아니었다.

고독은 심심함이 만들어냈다.

심심했다.

정말로 심심했다.

볼 텔레비전도, 들을 라디오도 없는 세상이 이렇게 갑갑할 줄 상상도 못했다.

이런 밤을 2년 이상 보내야 한다고 생각하면 당장에라도 지구로 돌아가고 싶어졌다.

심심해 죽는 무혁과 달리 김성한 박사는 보람찬 나날을 보내고 있었다.

김성한 박사는 일주일 동안 서재에 처박혀 두문불출했다.

식사도 가져다 먹었고 하인들의 이야기에 의하면 시간이 아까워 씻지도 않는다고 했다.

아니타는 백작 부인에게 레이디의 예절을 배우기 시작했다.

명색이 공주라는 레이디가 식기 사용법도 모르는 걸 본 백작 부인이 기겁을 한 결과였다.

의외로 아니타는 지루한 예절 교육에 잘 적응하고 있었다.

힘들겠다는 무혁의 말에 사바나는 '콩고 사바나 평원의 삶에 비하면 천국인걸요' 라고 대답했다.

행복의 절대치는 인간마다 다른 법이다.

무혁의 아니타에게서 그 점을 배웠다.

제64장

습격

그렇게 일주일이 흘러갔다.

이제 작센 영지로 향할 시간이다.

김성한 박사와 아니타를 작센 영지에 맡긴다.

그 후 무혁과 세바스찬은 유리아단테 교국을 향해 여행을 떠난다.

여기까지가 무혁이 세운 계획이다.

세바스찬은 삼사 일 뒤에 따라오기로 했다.

"이틀 뒤에 신임 기사 서임식이 있어. 기사 서임은 도멜 백작님의 권리지만 이번만은 특별히 내가 참석해 주었으면 하는 부탁이 있어서."

소드마스터가 참석한 자리에서 기사 서임을 받는다.

기사들에게는 평생의 영광일 것이다.

"그렇게 해."

"이왕이면 형도 기사 서임식을 구경하고 가는 게 어때?"

"시간은 많지만, 그렇다고 무한한 것은 아니니까."

"아직도 마음이 급해."

"맞아. 노력하는데 잘 안 된다."

"형 편한 대로 해."

세바스찬은 무혁의 생각을 존중해 주었다.

떠난다는 말을 전해 들은 도멜 백작이 직접 무혁을 찾아왔
다.

"며칠 더 쉬다 가시지요."

"마음이 급하니 쉬어도 쉰 것 같지가 않아. 어차피 작센 영
지에 갔다가 다시 들를 텐데 뭐."

"그렇다면 말리지 않겠습니다. 그리고 이걸 받아주십시
오."

도멜 백작이 금박으로 장식된 양피지 두루마기와 작은 나
무 상자를 넘겨주었다.

양피지는 푸른 늑대가 배경에 그려지고 도멜 백작의 인장
이 찍힌 작위 증서였다.

"남작, 문무혁?"

"대륙을 여행하다 보면 이런 양피지 조각이 도움이 되는 법이죠."

"문무혁 남작이라……."

매끄럽게 입술을 타고 흘러 나가는 멋진 이름이다.

상자에는 푸른 늑대가 정교하게 새겨진 반지가 들어 있었다.

"신생 문 남작가의 인장입니다. 대륙 어디서나 통용되는 신분 확인 마법이 걸려 있죠."

무혁은 진심을 담아 말했다.

"고마워."

"끼워보십시오."

"그… 그럴까?"

절로 웃음이 났다.

두 사람의 대화를 옆에서 듣고 있던 세바스찬이 말했다.

"입 찢어지겠다. 그만 웃어."

"……."

이번만은 버릇없는 세바스찬에게 응징을 가할 생각이 들지 않았다.

세바스찬과 토닥거리며 시간을 낭비하기에는 기분이 너무 좋았다.

'어머니, 아버지. 아들 귀족 먹었어요!'

소리치고 싶었다.

'내가 귀족이라니… 가문의 영광이야.'

무혁은 마냥 즐거울 뿐이었다.

＊　　　＊　　　＊

일주일 동안 여관에서 일행을 기다려야 했지만 넬슨 상병의 표정은 밝았다.

"어서 오십시오!"

"생각보다 시간이 지체되었습니다."

"더 계셔도 상관없습니다. 덕분에 몸 좀 풀었거든요."

도멜 백작령도 사람이 사는 곳이다.

당연히 유곽이 존재한다.

캠프 뉴욕에서 금욕 생활을 하던 넬슨 상병에게 유곽은 천국이나 다름없었을 것이다.

"그럼 출발하겠습니다. 목적지인 작센 영지까지는 8시간이 걸릴 예정이오니 승객 여러분께서는 안전벨트를 착용해 주시기 바랍니다. 기내식은 없지만 중간 휴식지인 도나우 마을에서 특산품인 메기구이를 드실 수 있습니다."

우스꽝스러운 안내 멘트와 함께 트레일러가 출발했다.

잘 손질한 메기를 이름 모를 향긋한 나뭇잎에 잘 싼다.

야그스트 강변에서 채취한 진흙으로 한 번 더 감싼다.

이것을 구덩이에 넣고 그 위를 불에 달군 돌로 덮는다.

1시간을 기다린 후 돌무더기를 치우고 단단하게 굳은 진흙 덩어리를 꺼낸다.

진흙 덩어리를 탁자에 놓고 제공된 망치로 깨뜨린다.

구수한 육즙과 달콤한 메기 속살이 모습을 드러낸다.

넬슨 상병의 장담대로 도나우 마을의 메기구이는 일품이었다.

도나우 마을에서의 황홀한 점심을 마치고 출발한 트레일러는 한 시간여를 더 달려 야그스트 강변에 도착했다.

"야그스트 강을 따라 상류로 두 시간만 올라가면 작센 영지가 보입니다."

"그렇군요."

"처음에는 전에 보셨던 바지선으로 컨테이너를 옮겼었습니다. 하지만 곧 포기했죠. 이곳과 달리 작센 영지 인근은 수심이 급격하게 낮아져 바지선이 좌초되기 일쑤였거든요. 도멜 백작이 도로를 놓지 않았다면 정말 골치 아팠을 겁니다. 그런데… 젠장!"

따발총처럼 이런저런 이야기를 늘어놓던 넬슨 상병이 브레이크를 밟았다.

"미치겠네!"

도로에 아름드리나무가 넘어져 있었다.

"이 근처에는 마을이 없어 도움을 받을 수도 없는데, 난감하게 됐네요."

"제가 치우죠."

"네? 농담 마십시오. 기사나 오거도 아니고 저걸 어떻게 치웁니까?"

"하하하, 두고 보십시오. 컨테이너나 열어주세요. 검을 꺼내야 되니까."

넬슨 상병이 툴툴거리며 컨테이너 문을 열었다.

무혁은 안으로 들어가 바스타드 소드를 찾았다.

그때였다.

"까아아악!"

밖에서 아니타의 비명 소리가 들렸다.

"당신들은 누구요!"

김성한 박사의 목소리도 들렸다.

무혁은 빠르게 컨테이너에서 튀어나왔다.

검을 든 4명의 남자가 아니타를 붙들고 있는 모습이 보였다.

무혁은 그중 한 사람의 얼굴을 알아보았다.

"아이버슨 경, 무슨 짓이요."

아이버슨 경이 대답했다.

"너희 포레스트 인들로부터 도멜 영지의 자주권을 되찾기 위해서다. 반항하지 않으면 다치지 않을 것이다."

"명예를 숭상한다는 기사가 보호해야 할 레이디를 인질로 잡고 할 말인가?"

약점을 정곡으로 찔린 아이버슨 경이 폭주했다.

"모두 너희 포레스트 인들 때문이다. 너희 포레스트 인이 나타나고 난 후 기사의 명예는 땅에 떨어졌다. 이제 영지민들은 우리를 존경하지 않는다."

아이버슨 경의 말은 사실이었다.

영지민들은 포레스트 인을 신이 보낸 천사쯤으로 생각했다.

알곡이 4~5배 맺는 밀 종자를 가져다주었고, 우유가 펑펑 쏟아지는 젖소와 지금까지 키우던 돼지보다 몇 배나 큰 돼지를 주었다.

돈이 없어 신관이나 약초사를 부르지 못해 병에 걸리면 하늘에 목숨을 맡겨야 했던 영지민들에게 각종 약을 제공해 주었고, 약을 편하게 사러 오라고 자전거까지 주었다.

무엇보다 영지민들에게 악몽이었던 몬스터를 퇴치해 주었다.

그 결과로 영지민들은 전에 없이 풍요로워졌다.

영지민들이 풍요로워지자 영주들도 세금을 쌓아둘 금고를 새로 만들어야 할 만큼 부자가 되었다.

도멜 영지에는 젖과 꿀이 흘렀다.

모두가 행복한 것 같았지만 그 틈에 끼지 못하는 사람도 있었다.

평생을 검과 함께 살아온 기사들은 빛 좋은 개살구로 전락했다.

기사들에게 남은 것은 덧없이 멋지기만 한 갑옷과 상처 난 자존심뿐이었다.

무혁은 어린아이의 투정을 받아줄 생각이 없었다.

아이버슨 경은 선을 넘었다.

그 선을 넘은 대가는 가혹할 것이었다.

무혁은 마지막 경고를 했다.

"명예는 남이 가져다주는 것이 아냐. 스스로 세우는 거지. 이제 아니타 공주님을 놓아주시지."

"뭐라 말해도 좋다. 난 너희를 인질 삼아 포레스트 인들의 철수를 요구할 것이다."

"후회할 거다."

"후회하지 않는다. 순순히 대업의 밑거름이 되어라."

대화가 통하지 않는다.

말이 통하지 않는 사람과의 대화는 시간 낭비일 뿐이다.

'그럼 맞아야지.'

무혁의 신형이 흐릿해졌다.

스팡!

퍼퍼퍽!

기사 3명의 코가 사이좋게 함몰되었다.

동시에 다리 하나씩도 기묘한 방향으로 꺾였다.

"컥!"

"끄억!"

"커컥!"

기사 3명이 코와 다리를 부여잡고 주저앉았다.

오히려 당황한 쪽은 공격한 무혁이었다.

'도멜 백작은 푸른 늑대 기사단이 랭던 왕국 최강이라고 했잖아. 이 동네 기사들의 실력이 이 정도인 거야, 아니면 내가 너무 강한 거야?'

무혁은 모르고 있었지만 사실은 둘 다였다.

기사라고는 해도 어디까지나 도멜 백작령이라는 시골 영지의 기사다.

도멜 백작의 칭찬은 고슴도치도 내 새끼가 예쁘다는 류의 이야기에 불과했다.

또 한 가지 이유는 무혁의 강함이 보통의 수준을 넘는다는 점이었다.

무혁의 실력은 소드 익스퍼트 최상급 중에서도 최상급이다.

소드마스터가 아닌 기사 중에서는 적수가 없는 실력자가 바로 무혁이다.

번갯불에 콩 구워먹 듯 3명의 기사가 쓰러지자 아이버슨 경은 경악했다.

"기사?! 포레스트 인이?"

무혁이 힘주어 대꾸했다.

"기사 아냐, 난! 남작이지."

"개소리."

믿지 않는다.

"진짜야. 작위증 보여줘?"

남작 작위를 믿어주지 않았을 때의 느꼈을 세바스찬의 억울함이 이제야 이해가 가는 무혁이다.

'역시 사람은 겪어봐야 상대의 마음을 이해할 수 있는 법이야.'

무혁은 작위증을 보여주기 위해 한 발 다가가며 품에 손을 넣었다.

그 모습을 위협으로 느꼈는지 아이버슨 경이 화들짝 놀라 소리쳤다.

"다가오지 마라."

"싫어."

"이 여자를 죽일 것이다."

협박은 실행에 옮겨야 협박이 되는 법이다.

무혁은 아니타를 불렀다.

"하~ 아니타!"

"네……."

"그냥 그렇게 있을 거야?"

"이 사람 말에도 일리가 있어서……."

"함께 살든지."

"성희롱이에요."

"…나 간다."

무혁은 넬슨 상병과 트레일러 뒤에 숨어 있던 김성한 박사에게로 갔다.

"가자구."

넬슨 상병이 기겁을 했다.

"저기, 아니타 양을 안 구합니까?"

김성한 박사가 대답했다.

"아니타를 구할 게 아니라 저 기사를 구해야지."

"……."

무혁도 동의했다.

"아마 아니타는 아이버슨 경이 잘생겨서 잡혔을 거야."

"……."

무혁의 말을 들었는지 아니타가 소리쳤다.

"아니에욧!"

아니타가 살짝 몸을 앞으로 숙였다 힘차게 뒤로 젖혔다.

뻑!

끄억!'

아이버슨 경이 얼굴을 부여잡고 비명을 질렀다.

"아니란 말이에욧!"

아니타의 작은 주먹이 아이버슨 경의 복부에 꽂혔다.

퍽!

"끄어어억!"

고통을 못 이긴 아이버슨 경이 허리를 90도로 접었다.

무혁은 다음 공격을 당할 아이버슨 경을 애도하며 눈을 질끈 감았다.

아니타의 무릎이 힘차게 올라갔다.

무릎은 아이버슨 경의 다리 사이를 정확하게 가격했다.

"끄어어어어억!

아이버슨 경의 몸이 살짝 들렸다 쓰러졌다.

"……."

"……."

"……."

무혁과 김성한 박사와 넬슨 상병은 본능적으로 자신의 국부를 가리며 아이버슨 경의 명복을 빌었다.

넬슨 상병이 머뭇거리더니 입을 열었다.

"…아니타 양, 정말 강하군요."

김성한 박사가 대답했다.

"인간 여자 중 가장 강할걸?"

정확히 말하면 아니타는 인간이 아니라 오크 샤먼이다.

오크 샤먼으로서 아니타는 오크를 굴복시킬 뿐만 아니라

인간이 상상할 수 없는 괴력과 운동신경을 가지고 있었다.

게거품을 문 아이버슨 경을 스티로폼 박스 던지듯 가볍게 던져 버린 아니타가 드레스 자락을 휘날리며 달려왔다.

"연약한 여자를 놔두고 가는 법이 어디 있어요?"

"누가?"

"저 말이에요, 저!"

"내가 아는 아니타는 탱크도 번쩍 들어 올리는 괴력의 소유자인데? 여기 다른 아니타가 있었나?"

"큼."

"그건 그렇고 성격이 많이 바뀐 것 같은데?"

"원래 내 성격이에요."

"그럼 지금까지 보여준 얌전한 성격은 뭐지?"

"몰라요, 바보."

졸지에 바보가 된 무혁을 보며 김성한 박사가 쐐기를 박았다.

"바~ 보!"

"……"

무혁은 바보가 되었다.

4명의 기사를 꽁꽁 묶은 무혁은 고민에 빠졌다.

김성한 박사가 물었다.

"이 천둥벌거숭이들을 어떻게 처리할 텐가?"

"그러게 말입니다. 난감하네요."

돌려보내자니 계속 집적거릴 것 같고 죽여 버리자니 그 또한 내키지 않는다.

그렇다고 도멜 백작에게 알리는 방법도 마뜩찮다.

도멜 백작은 포레스트 인에 대해 호의적이다.

무혁은 이 4명의 기사로 인해 쓸데없는 분란이나 오해가 생기는 걸 원치 않았다.

"작센 영지로 데려가야죠."

"데려가서?"

"깨우쳐 줘야죠. 자신들의 무지를 말입니다."

"가능할까? 평생을 저렇게 살아온 사람들인데?"

"가능합니다. 매에는 장사가 없거든요."

아까운 힐링 포션을 먹여 4명의 기사를 치료해 준 무혁은 그들을 컨테이너에 달아맸다.

"죽을힘을 다해 달리지 않으면 질질 끌릴 거야."

트레일러가 달리기 시작했다.

어쩔 수 없이 기사들도 뒤따라 달리기 시작했다.

강변을 달리는 트레일러, 그 뒤를 따라 달리는 4명의 기사.

보기 드문 진귀한 장면이 연출되고 있었다.

제65장

작센 영지

Sanctum

작센 영지는 크게 굽이쳐 흐르는 야그스트 강으로 돌출된 반도 지형을 가진 영지였다.

때문에 작센 영지로 들어가기 위해서는 배를 타거나 좁은 회랑으로 난 길을 통과하는 수밖에 없었다.

회랑 입구는 양측에 높은 망루가 설치된 두터운 목책이 막고 있었다.

목책 앞 공터에 트레일러를 멈춘 넬슨 상병이 말했다.

"도착했습니다."

"영지 안으로 안 들어갑니까?"

"무슨 비밀이 그렇게 많은지 절대로 들여보내 주질 않습니다. 그래서 매번 여기에 컨테이너를 내려놓고 밤길을 돌아가야 하죠."

목책이 열리고 레더 아머를 착용하고 창을 든 병사 2명이 다가왔다.

"넬슨 상병님, 이번에는 많이 늦었습니다."

"그렇게 됐습니다. 그건 그렇고 손님이 있습니다."

"손님이라니요?"

무혁은 병사에게 세바스찬이 준 편지를 넘겼다.

편지를 읽은 병사가 반색을 했다.

"영주님께서 돌아오셨군요. 환영합니다, 문 남작님. 그런데 저 뒤에 매달린 사람들은 누굽니까?"

"오는 길에 만난 산적입니다."

"산적이라구요? 저런 못된 놈들을 봤나."

"영지에 저놈들을 가둬둘 만한 장소가 있습니까? 저래 봬도 마나를 사용합니다."

"딱히 감옥은 없지만 적당한 장소가 있습니다. 그곳에 가둬두면 될 겁니다."

"그럼 그렇게 해주십시오. 며칠 후면 영주님이 돌아오실 테니 처분은 그때 하겠습니다."

"알겠습니다."

"그건 그렇고 해모수 팀은 잘 있습니까?"

"그럼요. 그분들 덕분에 우리 영지가 얼마나 살기가 좋아졌는지 모릅니다. 모두 영주님의 은덕이시지요. 잠시만 기다려 주십시오. 컨테이너만 옮기고 안내해 드리겠습니다."

목책에서 6마리의 말이 끄는 거대한 나무 마차가 나타났다.

넬슨 상병은 트레일러에 달린 크레인을 이용해 나무 마차에 컨테이너를 실었다.

"전 이만 돌아갑니다. 다음에 뵙죠."

"수고했습니다. 조심히 돌아가십시오."

트레일러가 떠나고 무혁과 일행은 작센 영지로 안내되었다.

작센 영지는 남작령은커녕 자작령보다 작은 면적을 가진 초소형 영지다.

그 크기에 걸맞게 마을도 영지의 수도이자 영주관이 자리잡은 작센 마을과 야그스트 강변에 위치한 웰비 마을 두 개가 전부였다.

작센 마을은 영주성이라고 부르기 민망한 2층 석조건물을 중심으로 200여 채의 통나무집이 불규칙하게 늘어서 있었다.

작센 마을은 도멜 영지의 다른 마을들보다 오히려 낙후되어 보였다.

무혁은 실망했다.

'그동안 해모수 팀은 뭘 한 거야?'

그러나 그 실망은 영주관에 들어서자 씻은 듯 사라졌다.

허름한 외부와 달리 영주관의 내부는 초호화판 장식이 즐비한 럭셔리한 공간이었다.

영주관에 무혁 일행이 들어서자 반갑게 맞아주는 사람이 있었다.

"오셨습니까? 반가워요, 무혁 씨."

"안현숙 박사님, 오랜만입니다. 잘 지내셨습니까?"

안현숙 박사는 국정원 요원 9명과 과학자 11명으로 이뤄진 해모수 팀의 과학자 팀장으로 40대 초반의 푸근한 몸매를 가진 여성이었다.

"그럼요. 제 몸매 보면 모르시겠어요. 살이 더 찐 것 같아요."

"하하하, 보기 좋은데요?"

"김 박사님도 오셨네요. 긴 여행에 불편하지는 않으셨습니까?"

"불편이랄 것이 있나."

김성한 박사는 거실의 벽을 둘러보더니 말했다.

"도자기 생산에 성공했나 보군."

"호호호, 운이 좋았어요. 백토를 발견했거든요."

거실의 벽에는 여러 가지 색깔의 안료로 꽃과 나무, 아름다운 레이디, 용맹스러운 포즈의 기사들이 그려진 하얀색 접시들이 가지런히 걸려 있었다.

"이쪽 아리따운 여성분은 누굴까요?"

"아니타라고 합니다. 이런저런 사정이 있어 이번 여행길에 동참하게 되었습니다."

무혁은 간략하게 사정을 설명해 주었다.

"사정이 딱하게 됐군요. 자, 식당으로 가죠. 오랜만에 고향 생각하며 마음껏 취해볼까요?"

"혹시 그날 이후……."

"한 번도 집에 가지 못했어요. 이곳 생활이 재미는 있지만 그래도 가끔 집이 그립긴 하네요. 뭐, 원망할 생각은 없어요. 발등에 떨어진 불 끄기도 바쁜 정부가 여기까지 신경 쓸 여력이 있겠어요?"

둠스데이 임팩트 이후 해모수 팀은 그 중요성이 급감했다.

당연히 지원도 시원찮아졌다.

하지만 해모수 팀은 그런 와중에도 맡은 바 임무에 충실하고 있었다.

무혁은 안현숙 박사의 안내로 마을 이곳저곳을 살펴보았다.

평범한 작센 마을의 가정집 내부는 무혁이 잠시 머물렀던 푸른 늑대성의 귀빈실만큼 호화로웠다.

외부는 평범한 통나무집이지만 내부에는 진흙으로 통나무의 틈을 채우고 벽지를 발랐고 바닥에는 온돌을 깔았다.

입식으로 개조된 부엌은 꼭지를 틀면 물이 흘러나왔고 화장실은 수세식이었다.

마을 옆에는 공동 목욕탕도 있었다.

따뜻한 물이 나오지 않는 집과 달리 공동 목욕탕에는 매일 밤 따뜻한 물이 공급되었다.

목욕탕 옆에는 학교가 있었다.

학교에는 아이들이 웃고 떠들며 공부를 했고 공을 찼다.

학교 옆 공터에는 30여 개의 컨테이너가 쌓여 있었다.

세바스찬이 번 돈을 쏟아부어 구입한 물자가 가득 들어 있는 컨테이너들이다.

해모수 팀은 그 컨테이너를 단 한 개도 사용하지 않고 지금의 풍요를 만들어냈다.

최고의 성과였다.

무혁은 해모수 팀에게 진심으로 경의를 표했다.

일행이 도착했다는 소식을 들은 해모수 대원들이 식당으로 모여들었다.

반가운 인사가 오가고 무혁이 특별히 챙겨 온 소주와 쌈장에 작센 영지에서 키운 돼지의 삼겹살이 더해진 풍성한 만찬이 시작되었다.

소주잔을 비우던 무혁은 한 사람의 얼굴을 찾아볼 수 없음을 깨달았다.

"김필용 씨가 보이지 않는군요."

"그게……."

안현숙 박사의 표정이 어두워졌다.

"무슨 일이 생겼습니까?"

"김필용 씨는 랭던 왕국의 감옥에 갇혀 계세요."

"그게 무슨 소립니까? 감옥이라니요."

"저희 해모수 팀은……."

안현숙 박사의 이야기가 시작되었다.

해모수 팀이 작센 영지에 와서 제일 먼저 한 일은 적응이었다.

대원들은 마을 인근에 친 텐트에서 기거하면서 아침부터 밤까지 영지민들의 일손을 도왔다.

영주의 위임장을 가져온 포레스트 인의 등장에 잔뜩 긴장했던 영지민들은 해모수 팀원들의 조건 없는 헌신적인 봉사에 조금씩 마음의 문을 열었다.

영지민들과 어느 정도 개인적인 친분이 쌓이자 다음 단계로 해모수 팀은 한국에서 보내준 정보를 바탕으로 영지 개조에 나섰다.

가장 먼저 시도한 일은 상수도와 하수도의 정비였다.

먼저 마을 사람들의 의견과 도움을 받아 모델 하우스를 건설한 해모수 팀은 상수도와 하수도를 설치하기로 했다.

"민사작전의 기본은 보건이죠. 그러나 관이 문제였어요. 상수관은 대나무로 어떻게 할 수 있었는데 하수관은 대나무로는 불가능했죠."

토의 끝에 옹기가 대안으로 떠올랐다.

"도예가 취미였던 연구원을 중심으로 TF팀이 결성되었죠."

옹기를 굽기 위한 진흙은 야그스트 강변에 지천으로 널려 있었다.

한국 옹기 장인이 보내준 자료의 도움을 받아 가마를 만들고 옹기를 구웠다.

"자료를 참고하긴 했지만 절대로 쉬운 일이 아니었어요. 자료에는 노하우가 기록되지 않으니까요. 하지만 우리는 수십 번 실패한 끝에 결국 성공했어요. 월화수목금금금으로 일궈낸 의지의 한국인인 셈이죠."

관 형태의 옹기를 이용해 모델하우스에 상수도와 하수도를 만들었다.

그릇도 만들었다.

마을 사람들은 사용하던 나무 그릇을 버리고 옹기를 사용하기 시작했다.

"하루는 어떤 마을 아이가 옹기는 왜 색깔이 검붉은색뿐이냐고 묻더라구요."

백색 도자기는 백토 혹은 고령토라고 부르는 돌을 분쇄해

나온 흙으로 만든다.

"이야기를 들은 아이가 마을 뒷산을 가리켰어요. 마을 뒷산은 그야말로 백토 그 자체였죠."

백토의 발견과 뒤따른 백자의 생산은 해모수 팀의 계획자체를 바꾸게 만들었다.

"우리는 보다 적극적으로 돈을 벌기로 했어요. 정부에서 원하는 마법 아티팩트를 구입해 보내려면 많은 돈이 필요했거든요."

작센 영지의 지리적 위치도 좋았다.

야그스트 강의 하류는 라스토니아 왕국과 랭던 왕국의 국경선 역할을 하는 엠스 강과 이어진다.

한국으로부터 세계 유명 도자기 회사의 도안과 안료들이 공수되었다.

동시에 안료를 자급하기 위한 실험도 시작되었다.

"푸른색을 내는 코발트 안료를 발견한 건 정말 행운이었어요."

코발트 안료는 블랙 포레스트 안에서 발견되었다.

해모수 팀은 영지민들에게 그림 교육을 시키고 도자기 생산을 시작했다.

처음에는 투박했지만 영지민들이 그림에 숙달됨에 따라 조금씩 세련된 도자기들이 만들어졌다.

해모수 팀은 코리아와 작센의 앞 글자를 따 명명한 '코작 상단'도 만들었다.

코작 상단은 라스토니아 왕국의 수도 라스툼에 매장을 열었다.

"라트토니아 왕국의 귀족들은 도자기에 열광했어요. 우리 스스로도 놀랄 만큼 어마한 돈이 벌렸어요."

라스툼 지점장은 본인의 자원에 의해 김필용으로 정해졌다.

"김필용 씨는 정보에 목말라 했어요. 특히 툼스데이 임팩트가 일어나고 난 후 그 경향이 심해졌죠. 김필용 씨는 지구를 원상 복구시킬 수 있는 방법을 찾겠다고 했어요."

김필용 씨다운 생각이다.

무혁은 물었다.

"그런데 왜 김필용 씨가 랭던 왕국의 감옥에 갇혀 있다는 말입니까?"

"권력 다툼 때문이죠. 라스토니아 왕국은 랭던 왕국을 집어삼키려 하고 있어요."

그 이야기는 들은 적이 있다.

"랭던 왕국의 차기 국왕 자리를 놓고 벌어지고 있는 카이런 공작과 에드윈 왕자 간의 권력 다툼에 라스토니아가 발을 담그고 있다는 이야기는 들었습니다."

"알고 계셨군요."

"그래도 김필용 씨 건은 아직 이해가 안 됩니다만……."

"에드윈 왕자가 포레스트 인의 존재를 눈치챘어요."

"어떻게……."

"도멜 백작이 카이런 공작에 막대한 자금을 제공했어요. 카이런 공작이 국왕에 즉위한 후 도멜 영지에 자치권을 부여하기로 하는 계약에 대한 대가였죠."

자금은 해모수 팀이 세바스찬과의 약속에 의해 지불한 도자기 판매 수익금의 50퍼센트로 충당했다.

50퍼센트라고는 해도 막대한 금액이다.

그것도 모자라 '새벽의 정령' 같은 가전주에 가문의 무고까지 털어 자금을 마련했다.

도멜 백작은 바로 이 돈을 홀라당 뇌물로 가져다 바쳤다.

"영리한 줄 알았더니……. 멍청한 짓을 했군요."

"맞아요. 멍청했죠."

물론 야심을 가진 도멜 백작으로서는 충분히 시도해 볼 만한 투자였을 것이다.

하지만 도멜 영지처럼 가난한 영지에서 거금을 척하고 내놨으니 의심받을 건 당연한 결과다.

"카이런 공작 측은 받아먹는 입장이라 별말이 없었지만 그 자금으로 산 무기로 공격받을 에드윈 왕자 측에는 심각한 문제였죠."

에드윈 왕자는 도멜 영지에 금광이 발견되었을 것이라 생각했다.

금광이 발견되면 국왕과 영주가 5:5의 비율로 나누는 것이
랬던 왕국의 법이다.

에드윈 왕자는 금광의 증거를 찾아내기 위해 밀정을 파견
했다.

밀정들은 비밀 유지를 위해 길목을 지키고 있던 캠프 뉴욕
측 저격수들에게 모두 죽어나갔다.

결과적으로 밀정들의 죽음은 더 큰 의심을 불러왔다.

참다못한 에드윈 왕자는 정보 길드를 고용했다.

정보 길드는 도멜 영지의 엄청난 변화와 그 변화가 금광 때
문이 아니라 포레스트 인들 때문이라는 사실을 알아냈다.

현실적으로 천혜의 험지에 자리 잡은 도멜 영지를 공격할
방법이 전무했던 에드윈 왕자는 다른 방법을 찾아냈다.

이야기가 여기까지 진행되면 그다음을 예측하는 일은 간
단하다.

무혁은 말했다.

"당장 공격할 방법은 없고 그렇다고 도멜 영지의 비밀을
세상에 알려 꿀단지를 나눠 먹기도 싫었을 테니, 자금줄인 김
필용 씨의 라스툼 매장을 접수했군요."

"정확해요. 에드윈 왕자는 김필용 씨의 몸값으로 1억 골드
를 원하고 있어요."

"1억 골드라면……."

잠시 암산해 보니 대한민국의 화폐가치로 대략 1천억 원 정도의 거금이다.

"보유한 자금이 얼마나 됩니까?"

"1,000만 골드예요."

1,000만 골드라는 돈도 100억 원이나 되는 거액이지만 요구 금액인 1억 골드에는 턱없이 부족하다.

"저는 다른 팀원들과 의논 끝에 가진 자금 전부인 1,000만 골드를 제시했어요. 그러자 에드윈 왕자는 한술 더 떠 1,000만 골드와 도자기 제조법을 원했어요."

안현숙 박사는 도자기 제조법을 넘겨줄 결심을 하고 있었다.

"그러던 차에 무혁 씨가 온 거죠."

"혹시 지금 김필용 씨의 상태가 어떠한지 알고 있습니까?"

"에드윈 왕자의 저택 지하에 감금되어 있다는 사실만 알아요."

김필용을 구해야 한다.

그 사실에는 의문의 여지가 없었다.

구하는 방법도 크게 문제되지 않았다.

소드마스터 세바스찬은 그 존재만으로 에드윈 왕자를 굴복시킬 수 있었다.

그래도 한 번쯤은 에드윈 왕자를 만나봐야겠다는 생각이 들었다.

'좋은 게 좋은 거니까.'

한편으로 다른 생각도 들었다.

'아냐, 왕이 되려고 외세를 끌어들이는 놈이 왕이 되어서
는 안 돼. 카이런 공작을 먼저 만나봐야겠어.'

카이런 공작이 괜찮은 인물이면 그를 밀어도 되겠다 싶었
다.

따지고 보면 카이런 공작이 왕이 되면 많은 문제가 해결된
다.

'계약도 했다니 금상첨화지.'

생팀에서는 신의 이름을 건 계약이 무한한 효력을 발휘한
다.

'계약을 지키지 않으면 죽는다. 이 얼마나 알기 쉬운 계약
인가.'

졸지에 랭던 왕국의 차기 후계가 무혁의 머릿속에서 결정
되는 순간이었다.

*   *   *

이틀 뒤 세바스찬이 도착했다.

영주의 방문 사실이 알려지자 영지의 모든 사람이 영주관
으로 모여들었다.

그래 봤자 겨우 1,000명이 조금 안 되는 숫자였지만 열기만

은 100만 명이 모인 것보다 뜨거웠다.

"영주님이 소드마스터래."

"세상에……."

"이제 김 사장님 걱정할 필요 없겠네."

"그렇다고 봐야지. 소드마스터시잖아. 수도에 가서 검만 한번 빼 들면 재깍 풀려날걸?"

"이제 영지가 어떻게 변할까?"

"당연히 더 좋아지겠지."

"그렇겠지?"

"그래야지."

세바스찬이 해모수 팀을 보내줬고 그 해모수 팀이 영지를 발전시켰다.

일자리도 줬고, 기술도 가르쳐 줬으며, 급료도 지급해 주었다.

세금도 없고, 억압도 없고, 문제가 생기면 누구라도 인정할 만큼 공정한 재판이 이뤄졌다.

영지민들은 희망과 불안이 교차하는 마음으로 세바스찬을 환영했다.

세바스찬은 이런 자리가 영 쑥스러운 모양이었다.

"모두 수고했어. 변화된 작센을 보니 마음이 흐뭇해. 내가 와서 불안해하는 사람이 있을 줄 알아. 그러나 걱정하지 마. 앞으로도 작센은 잘 먹고 잘살 거야. 그것이 내 의무이자 명에니까."

가볍고 격식 없는 세바스찬의 말속에는 진심이 담겨 있었
다.

"그리고 덧붙이자면 난 다시 여행을 떠날 거야. 2~3년 걸
릴 것 같아. 그러니 지금과 같이 해모수 팀을 중심으로 잘해
주길 바라."

"……."

허망하리만큼 간단한 인사가 끝나자 잔치가 벌어졌다.

마을 사람들은 불안감을 떨쳐 버리고 술과 고기를 즐기며
세바스찬을 칭송했다.

제66장

더 넓은 세상으로

Sanctum

무혁은 세바스찬에게 김필용에 대한 이야기를 전했다.

세바스찬은 단호하게 말했다.

"구해야지. 수도를 박살 내서라도!"

"왕에게 충성을 맹세한 귀족치고 대담한 발언인데?"

"기사가 왕에게 충성을 맹세할 때는 신을 언급하지 않아. 그 이유를 알겠어?"

"그래? 모르겠는걸!"

"나도 몰랐어. 하지만 지구에서 지내면서 그 이유를 알게 됐지. 왕이 시답잖으면 폐하고 더 좋은 왕을 세울 수 있다는 의미야."

"너, 많이 변했구나."

"변해야지. 아니, 변했어야 했어. 지구를 보고도 안 변하면 사람이 아니지."

"네 생각을 실천에 옮기는 일은 정말 힘들 거야. 생팀인들이 쉽게 받아들이기 힘든 생각이니까."

"첫걸음은 도멜 백작령의 자치령화가 될 거야."

"동생에게 들었구나?"

"응, 기사 서임식이 끝나고 털어놓더라고. 내가 없었다면 철부지의 발버둥이었겠지만 이젠 아냐. 난 강해. 나의 의지를 세울 힘이 있어."

"대륙에 피바람이 불겠네."

"최소한 민초들의 피는 아닐 거야."

"하~ 모르겠다."

"모르긴 뭘 몰라. 형도 도와줘야지."

"내가?"

"당연하지. 나보단 약하지만 그럭저럭 강하지, 잔머리 끝장이지, 게다가 나의 형이잖아. 동생이 좋은 일 좀 해보겠다는데 모른 척할 거야?"

"말이나 못하면 밉지나 않지."

웃으며 말하고 있었지만 오가는 대화의 내용은 심각했다.

세바스찬의 원대한 꿈이 이뤄지려면 프랑스 혁명을 생팀 대륙 단위에서 일으켜야 한다.

'재미있잖아.'

무혁은 세바스찬의 손을 잡는 것으로 승낙을 대신했다.

"그건 그렇고 여행을 떠나기 전에 처리해야 할 문제가 있다."

"뭔데?"

"아이버슨 경 문제야."

아이버슨 경이 일행을 습격했다는 말을 듣자 세바스찬은 당장에라도 뛰쳐나가 그의 목을 칠 기세였다.

"내가 사과할게. 기사들이 원래 멍청해."

"사과는 필요 없고, 어떻게 처리할 거야?"

"형 생각은 어때? 난 그냥 죽여 버렸으면 하는데. 데오도르에게는 내가 말할게."

"아냐. 그들의 생각을 바꿔야 해. 겨우 4명의 생각도 못 바꾸면서 어떻게 생텀을 바꾸겠어."

"그렇긴 해. 좋아. 내게 맡겨둬."

세바스찬이 큰소리치며 밖으로 뛰어나갔다.

*　　　*　　　*

걱정은 전혀 필요 없었다.

세바스찬은 정교하게 기사들을 굴리기 시작했다.

"앉아! 일어서! 앉아! 자동!"

"헉!

"헉!"

"헉! 헉!"

"헉!

"숨소리 나지? PT 8번 동작 실시!"

"실시!"

"실시!"

"실시!"

"실시!"

"목소리 통일 못 시키지. PT 8번, 8회 몇 회?"

"8회!"

"좋다. 10회 실시."

4명의 기사는 새벽부터 밤늦게까지 입에서 단내가 나도록 구르고 또 굴렀다.

무혁은 내심 아쉬워하면서 미리 짜두었던 구타와 휴식과 음식이 절묘하게 결합된 '기사 정신 개조 일주일 계획' 을 폐기했다.

세바스찬은 탁월한 조교였다.

초죽음이 된 기사들에게 주먹밥 한 개를 던져 주고 돌아온 세바스찬에게 무혁은 물었다.

"어디서 배웠어?"

"텔레비전에서 본 '진짜진짜 사나이' 란 예능 프로에서! 빨

간 모자 교관들 멋지던데?'

죽음의 유격은 꼬박 일주일에 걸쳐 24시간 동안 계속되었다.

받은 기사들도 대단했고 교육시키는 세바스찬도 대단했다.

어쨌거나 50년간 대한민국 남자들을 울린 유격은 생텀에서도 효과가 있었다.

기사들은 극한까지 몰아붙이는 세바스찬에 의해 생각이란 행위를 망각당했다.

일주일째 되는 마지막 밤 세바스찬은 기사들을 불러놓고 술 한잔을 따라주며 말했다.

"기사의 명예는?"

"스스로 세우는 것입니다."

"그걸 아는 놈들이 그래?"

"죄송합니다."

지친 심신에 더해 술 한잔이 증폭 효과를 만들어냈다.

기사들의 대답에 진심이 느껴지자 세바스찬이 말했다.

"지금 이 순간부터 너희는 내 제자이자 기사다."

"네?"

"싫어?"

"…아~! 아닙니다."

소드마스터가 지나가는 똥개 이름도 아니고 기사가 소드마스터의 제자가 되라는 제안을 거절한다?

그런 일은 생텀의 13좌의 신이 존재하지 않을 확률만큼이나 희박했다.

세바스찬은 단 4명의 기사로 '검은 늑대 기사단' 을 창설했다.

"이제부터 너희는 작센 영지를 지키는 검은 늑대 기사단이다. 그 의무를 다하겠는가?"

"제 이름과 아리아 신의 이름을 걸고 맹세합니다."

강요하지 않았지만 검은 늑대 기사단은 아리아 여신의 이름을 걸고 충성을 맹세했다.

세바스찬은 지구에서 가져온 4자루의 검을 검은 늑대 기사단에게 하사했다.

소드마스터의 제자가 된 것만으로도 감사했던 검은 늑대 기사단은 생텀에서 보기 힘든 명검(?)까지 하사받자 눈물을 흘리며 기뻐했다.

작센 영지의 일이 마무리되자 무혁과 세바스찬은 다시 도멜 영지를 거쳐 랭던 왕국의 수도 '코나랭던' 으로 향했다.

랭던 왕국 본토와 도멜 영지를 나누는 험준한 산맥에는 두

갈래의 길이 있다.

깎아지른 낭떠러지에 위태하게 걸려 있는 잔도와 로미와 세바스찬이 귀환할 때 사용했던 산길이 바로 그것이다.

무혁과 세바스찬은 잔도를 이용해 랭던 왕국 본토로 진입했다.

잔도를 빠져나오자 광활한 대지가 펼쳐졌다.

한참 익어가는 밀의 물결이 파도처럼 넘실댔다.

"이제 시작이네?"

"이제 시작이야."

"그럼 갈까?"

"가자."

무혁과 세바스찬은 광활한 대지를 향해 힘찬 발걸음을 내디뎠다.

『생텀』 6권에 계속…

FANATICISM HUNTER

광신사냥꾼

류승현 판타지 장편 소설
FANTASY FRONTIER SPIRIT

「블레이드 마스터」의 류승현 작가가 펼쳐내는
판타지의 새로운 신화!

마도대전을 승리로 이끈 유리언 대륙의 영웅,
최강의 아크 메이지 제온!

그러나 '세상의 섭리'에 아내와 아이를 빼앗기는데……

『광신사냥꾼』

만약 그것이 정말로 세상의 섭리라면,
그마저도 무너뜨리고 말리라!

복수를 위한 제온의 위대한 여정이 시작된다!

Book Publishing CHUNGEORAM

유행이 아닌 자유추구 ~
WWW.chungeoram.com

현대백수 장편 소설

FUSION FANTASTIC STORY

간웅

뇌성벽력이 치는 어느 날!
고려 황제의 강인번을 들고 있던
어린 병사가 낙뢰를 맞고 쓰러졌다.

하지만… 다시 눈을 뜬 이는
현대 대한민국에서 쓸쓸히 죽은
드라마 작가 지망생.

고려 무신 시대의 격변기 속에서 눈을 뜬 회생[回生].
살아남기 위해! 죽지 않기 위해!
그의 행보로 인해 고려는 서서히
변하기 시작하는데……

치세능신 난세간웅(治世能臣 亂世奸雄)!

격동의 무신 시대!
회생, 간웅의 길을 걷다!

Book Publishing CHUNGEORAM

유행이 아닌 자유추구 -
WWW.chungeoram.com

절정고수들이 하늘 높은 줄 모르고 질주하는 현 세상.
서른여덟 개의 세력이 서로를 견제하는 혼돈의 시대.

그 일촉즉발의 무림 속에
첫 발을 디딘 어린 소년.

"나는 네가 점창의 별이 되기를 원한다."

사부와의 약속을 지키고
난세로 빠져드는 천하를 구하기 위해
작은 손이 검을 들었다!

박선우 新무협 판타지 소설 FANTASTIC ORIENTAL HE

풍운사일

문용신 新무협 판타지 소설

FANTASTIC ORIENTAL HEROES

절대호위

한량 아버지를 뒷바라지하며
호시탐탐 가출을 꿈꾸던 궁외수.

어린 시절 이어진 인연은
그를 세상 밖으로 이끄는데……

"내가 정혼녀 하나 못 지킬 것처럼 보여?"

글자조차 모르는 까막눈이지만,
하늘이 내린 재능과 악마의 심장은
전 무림이 그를 주목하게 한다.

"이 시간 이후 당신에겐 위협 따윈 없는 거요."

무림에 무서운 놈이 나타났다!

Book Publishing CHUNGEORAM

유행이 아닌 자유추구 -
WWW.chungeoram.com